杏林小白学中医

白殷赫　著
王　鹏　审

河南科学技术出版社
·郑州·

图书在版编目（CIP）数据

杏林小白学中医 / 白殷赫著 . —郑州 : 河南科学技术出版社，2019.9

ISBN 978-7-5349-9629-0

Ⅰ. ①杏…　Ⅱ. ①白…　Ⅲ. ①长篇小说—中国—当代　Ⅳ. ① I247.5

中国版本图书馆 CIP 数据核字（2019）第 164873 号

出版发行：河南科学技术出版社

地址：郑州市郑东新区祥盛街27号　邮编：450016

电话：（0371）65788613　65788629

网址：www.hnstp.cn

策划编辑：邓　为

责任编辑：任燕利

责任校对：金兰苹

封面设计：中文天地

责任印制：朱　飞

印　　刷：郑州龙洋印务有限公司

经　　销：全国新华书店

开　　本：850mm × 1168mm　1/32　印张：9.875　字数：200千字

版　　次：2019年9月第1版　2019年9月第1次印刷

定　　价：35.00 元

前言

一个学科两位老师，总是提到返璞归真这个词语，有些时候，作为一个现代人，我总是用十分复杂的思想去思考各类问题，却始终不明白学习中医要返璞归真的道理。返璞归真是两位老师从始至终灌输于我的思想，而我十分庆幸自己遇到的老师都是明师，是真正能够使我拨云见日的人。感谢命运让我和这两位老师相遇。感谢他们对我的教育与教导，在授业解惑的同时还传授我做人的道理。于是我满怀感激，写下这首《师赞》送给他们。

师赞

传于道者，明师也；传于技者，恩师也。

明师者，授吾以大道，传我以为人立足之本；恩师者，授吾以技艺，传我以安身立命之所。

明师者，不嫌吾愚钝，以湖海教吾点滴；恩师者，不弃吾卑鄙，以鲲鹏教我翱翔。

明师传我以刚正不阿，恩师传我以求存生身。

明师于我不偏于正，拨云见日；恩师于我不饥于世，泰然处之。

明师如海，恩师如天。

白般赫

丁酉年九月

目录

引子

病榻前一位鲐背之年的老人，虽然白发苍髯，纹褶纵横，肌瘦面枯，但言语清晰，头脑灵活，丝毫没有垂暮之年廉颇老矣之态。老人平生没住过几次医院，极擅养生，八十几岁的时候一套太极拳打下来可以做到毫不喘息，然而这次……

他倚靠在病榻前耐心地对我说道：“你可知道，这天地间的规律是什么？其实总结起来无非就是人在幼年不知死，人到青年不畏死，人到壮年不敢死，人到老年不愿死。

“人在幼年，五志未成，心性懵懂，十二经络未长，所谓成而未长，长而未成，易虚易实，易寒易热，传变之快，犹如雷鸣电闪，脏腑娇弱，形气未充，用药当轻如鸿毛，故不知死也。

“人在青年，五志初生，心性未定，经络未成，然精气初至，天癸始生，是为初生牛犊不怕虎，其病多实，泻之不足虑，祛之不必思，故不畏死也。

“人到壮年，五志至极，心性大定，经络渐衰，故精气始衰，天癸欲涸，补泻当慎重，虚则补之，实则泻之，不虚不实当以经调之，是为大道也，其身后儿女老少多为牵绊，故不敢死。

“人到老年，五志衰竭，心性返璞，经络亏虚，精气不足，天癸衰败，天地二道皆毁，当补益为主，祛邪为辅，七分补三分泻是为寻常之道，其已知天命，晓生死，故不愿死。

“这就是人的一生啊，也是医者用药之理，这春夏秋冬，生长壮老，没有人能够逃避，因为这是宇宙间亘古不变的规律。”

“爸，医生让您少说话！”一个人在旁边提醒道，说话的人已经年过古稀，正是我的爷爷。

“你闭嘴！用你……”老人嘴角抽动着，似乎又动了肝气，然而不出三秒又平息了下来，说道：“我的身体我知道，你先出去，我要和我重孙单独待一会儿。”

爷爷摇了摇头，转过身走了出去，似乎有一丝失落。

老人叹了一口气，满是失落地说：“我真后悔啊！老白家的人都一个毛病——倔！当年你爷爷背汤头的时候，我若宽容一点，也不至于今天家业后继无人，你爸和你那两个叔叔都不是学医的材料，但是这老天爷对白家还算不薄，以后你就好好跟老师学习中医，将来当个好大夫！”

“我一定能振兴祖业，发扬家学！”

老人点了点头，不过转瞬间落寞地说：“可惜我看不到那天了。”

“怎么会！您老高寿无期！”我急忙说道。

“高寿无期？生长壮老已，这是大自然的规律，谁又能逃离呢？”老人望着窗外的天空，眼神中似有一丝不甘。

正如老人自己所预料的那样，没有人能够逃脱大自然的规律：人在幼年不知死，人到青年不畏死，人到壮年不敢死，人到老年不愿死。

壹 门槛

《备急千金要方·大医精诚》中有这样一句话：世有愚者，读方三年，便谓天下无病可治；及治病三年，乃知天下无方可用。故学者必须博极医源，精勤不倦，不得道听途说，而言医道已了，深自误哉。

曾经的我便是如此的愚昧无知，由于当时初学中医，对中医了解甚少，学起来更是囫囵吞枣，不求甚解，还听过一些人对中医的过分吹捧。凭借着这些盲目的自信和道听途说，便深深地认为，没有什么病是中医治不好的，只要是病，中医便能够彻底治愈，如果不能被治愈，一定是在西医那里耽误了时间，或者是医者的水平不够高深。因此那段时间我极度排斥西医和现代检查方法，认为中医必须回归传统，而在今天来看这是多么愚蠢的事情！

记得那是我第一次给自己“开方”。那时候因为“正气存内，邪不可干”这句话深深地印在我的脑海里面，所以我深深地相信“动能生阳”，所谓的“阳气”，不正是我们需要的正气吗？在今天来看，当时的我竟然用如此粗鄙狭隘的思想去对中医思想进行断章取义，简直是愚不可及。

在进行了剧烈运动之后，我终于病倒了，疾病开始进一步发展，由表入里，阳明高热已经势不可挡，咽喉肿痛，伴有剧烈咳嗽。此时，连中医门槛都没有迈入的我，也不知道是谁赋予的勇气，拿起《中药学》，在解表药和止咳药中不管温热寒凉选了一大堆，差不多有二十几味。结果是可想而知的，不但发热没好，反而开始上吐下泻，不得不求助于老师。

老师经过细致的诊查，以及一些常规的西医检查后，给予了处方，经过两周左右的治疗，主要的症状已经消失，后续又巩固了近一个月身体才逐渐恢复如初。

事后老师说：“你也就沾了年轻的光，你要是我这岁数，现在估计就送殡仪馆了！”

我低着头，带着一脸失落虚声问道：“我这样的人还能学中医吗？”

老师摇了摇头说：“不摔几个跟头怎么知道疼？不撞几次南墙怎么知道你的脑袋有多硬？第一次开方就把自己吃成这样，将来你面对的是千千万万的患者，到时候又该如何呢？你现在连《药性赋》和《汤头歌》都背不全，这要是在古代，你连碰药斗子的资格都没有，你还敢给自己开方？现在你连中医的门槛都没看到呢！”

我问老师：“那您告诉我，究竟什么是中医？中医的门槛我什么时候才能看到？”

老师笑了笑，意味深长地说：“曾经我也是这么问我老师的。慢慢来吧，总有一天，你会看到。这门槛啊，说近就近，说远就远。”

老师的话令我动容了，我望着天空问自己：究竟什么时候我才能看到中医的门槛？什么时候才能够一脚迈进去成为一名真正的中医呢？

贰 汤头

“麻黄汤中用桂枝，杏仁甘草四般施，发热恶寒头项痛，喘而无汗服之宜。桂枝汤治太阳风，芍药甘草姜枣同，解肌发表调营卫，表虚有汗此为功……”早晨，我早早地来到诊室复习着方歌，朗读是帮助背诵最好的也是最笨的办法。

“方剂是中医学的重要组成部分，心中始终要牢记，忘记了就要拿出看看，要观于眼，读于口，铭于心。”闻听我读方歌，老师在一旁教导。

我放下手中的方歌书，问道：“我听人说背这个只是为了应付今年的方剂考试罢了，这些方子临床应用率很低，如果是这样，那么背这么多方歌有什么用呢？”

老师的脸色有些阴沉，责备道：“背汤头仅仅是为了应付考试？又是听了谁的‘高论’了？就拿你刚刚念的‘桂枝汤’举例子，你告诉我你都了解桂枝汤什么？”

我晃着脑袋不假思索地回答道：“方剂组成有桂枝、芍药、甘草、生姜、大枣。治疗外感表虚有汗，好像还被称为什么之冠？”

“仲景群方之冠！好吧，你既然这么了解‘桂枝汤’，那么你知道它为什么被称为群方之冠吗？”老师继续问。

“那我就不知道了！”我摇了摇脑袋无奈地回答。

老师没有责备却耐心地对我说：“背汤头是为了能让你知道药物的组成和主治，这仅仅只是第一步，接着要读方，为什么教科书会选择这些方子，为什么九味羌活汤是‘分经论治’？为什么人参败毒散是‘逆流挽舟’？为什么济川煎是‘寓通于补’？读方要读懂先贤们的立法依据，学方就是在学习圣人们的组方方法。这才是背汤头的根本，更是学习《方剂学》的根本！没有什么是临床中用不上的，除非说那个话的人自己什么也不懂，明白了吗？”

我点了点头回答道：“好，以后背方歌的同时我一定去了解方子的背景，以及立法依据。”

后来通过不断的学习，我知道了桂枝汤为什么被称为仲景群方之冠，也知道了九味羌活汤的分经论治、人参败毒散的逆流挽舟、济川煎的寓通于补，自觉愧疚难当，写下了人生第一首关于中医的诗——《医愧》：

扪心自问有所愧，只因回天乏术闻。医者良心深似海，名利门前是与非。

药犹临兵方如阵，法作谋略理军魂。世间一日顽疾在，枉为岐黄后继人。

叁 阴阳

有人提过这样一个问题：人和桌子能不能分阴阳呢？而他自认为是不可以的。

我则认为可以，于是向老师请教道："桌子和人到底能不能分阴阳呢？如果不能是为什么？如果能又是为什么？"

老师说道："天生万物，清者上扬，浊者下沉，乃分乾坤。天为阳，地为阴；男为阳，女为阴；生为阳，死为阴。阴中有阳，阳中有阴。"

"桌子是死物，人是活物，那么人为阳，桌子为阴！我可以这么理解吗？"

老师转身扶着窗台，看着蓝天对我说道："这是你的理解，也是你的心得！这万事万物，沧海桑田，变幻无穷，又岂是人能妄自揣测的？我们以自己的理解给了天地一个属性，但是说到底这都是人类自己的一厢情愿而已。天地原本就存在，世界就算没有人类也在那里！他说不能分，你说能分，这都是你和他的一厢情愿，而不是阴阳本身。我们追求真理，可是真理又是什么呢？”

“真理并不存在？阴阳并不存在？”我反问道。

老师转过身接着回答道：“如果人不存在，那么这些也就不存在了！你要理解阴阳，就要用古人那种非常朴素的思想去理解，所以桌子和人为什么不能分阴阳呢？只要是自然界中相互关联的事物或现象对立双方属性的概括，就可以分阴阳。人存在于这个世界中，可以与任何事物相互关联。记住，要用朴素的思想，非常朴素的思想，不是中医太难学，恰恰是中医实在是太简单了，简单到了复杂的现代人根本理解不了的程度，而你用现代人复杂的思想去理解古代人朴素的思想，能学会中医就怪了。学习中医要返璞归真，因为中医就那么简单。只要心性回到知其然即可的程度，你就能学会中医了。”

肆

夤夜

夤夜忽然惊醒而无眠，辗转反侧不得觉，心中思绪万千：从学中医开始至今，中医带给我的影响和改变实在是太多太多了。我原本只是被迫从医，而现在彻底爱上了这门古老而又神圣的学科……

曾看过两本中医古书，说来也巧，一本叫《此事难知》，一本叫《医学实在易》。

那究竟是“此事难知”还是“医学实在易”呢？

我翻开《中医基础理论》，阴阳、五行、精气、藏象、经络、病因、病机……书中的一条条，一款款，看上去貌似简单，然而实际上想要弄懂却真的很不容易。

正如老师说的，现代人的思想太复杂，考虑得太多，总是把简单的问题弄成一团乱麻。

曾经在心理课上，老师问了大家一个问题——一个小孩冲到公安局跟局长说："你爸和我爸打起来了。"同事问局长："这孩子和你什么关系？"局长说："我孩子！"问局长和小孩的关系。

全班人思考了很长时间，没有人想出答案。我说："局长可能是小孩他妈吧！"

老师说："很多人听到公安局局长，第一印象就是男的，如果你们是幼儿园的小朋友或者是小学生，肯定会毫不犹豫地说局长是孩子的妈妈。"

闻听过后，不觉心中一震，明明是很简单的问题，我们总是把问题搞得复杂化，也许学中医就是这样子吧！明明是很简单的理论，字面上的意思，有些人偏偏要理解得很复杂，包括我！

有的人说，好的中医用方精细，几味药的小方子就能治疗大病；有的人说，现代的病太复杂，小方岂能治大病，还需要大方复治；有的人说，开方超过二十味药的中医水平不行，就是靠大撒网；还有的人说……

每每遇到这种情况，我都在思考，究竟谁说的对？这时候有人说，这个大夫人品不行，你该信医德高尚的人；又有人说，医德高尚有什么用，治病好才是真的，不应该因人废言；还有人说……

我又该信谁的？人应该有自己的判断，对于中医应该有自己的认识，不管别人的对与错、是与非，坚持自我，这才是现代中医人应该做的。我的三观我做主，我的理解我认同。不盲目地否定，不盲目地肯定。怀疑一切，也信任一切。

用古朴的思想理解古人，用现代的思维融会贯通，不做中医的掘墓人，更不做中医的送葬人。

夤夜，据说是人心灵最脆弱的时候。

伍 治愈

午休时间，诊室里只剩下我和老师两人，这是难得的清闲时间，也是一天中与老师对话最多的时候。

老师不经意地问我：“对于治愈，你是怎样理解的？或者说在你的理解中什么叫作治愈？”

“治愈？把病治好了不就是治愈吗？”我不假思索地回答道。

“那么，什么又叫把病治好了呢？怎么才叫把病治好了呢？”老师继续追问。

我想了想说：“把所有的症状消除，把疾病的根去掉，就算是治愈了吧！”

“那什么又是把疾病去根了呢？什么又是疾病的根呢？疾病的根又源于哪里呢？”老师接着追问。

连续的追问让我有些发蒙，我想了想，无奈地说：“这个我就不知道了！”

“其实没有什么病能够去根，甚至连感冒也是一样！我们所谓的治愈，事实上都是临床治愈。迄今为止，大多数疾病都没有根本治愈的可能！”老师严肃地说道。

“没有根本治愈的可能？”我满腹疑惑地反问道，心里在想：如果是这样，那么治疗的意义又在于什么呢？

老师回答道：“从西医方面来讲，即使是感冒，不管是细菌感染还是病毒感染，最终我们的身体都会受到损伤，有的损伤能够修复，但是多数都无法修复，甚至会影响终生。从中医方面来讲，我们人体的肾气和肾精，也就是先天之本是有限的，每一次疾病都会损伤先天之本，而损伤的先天之本耗费了就是耗费了，没有能够补充的可能！拿哮喘举例子，中医讲内不治喘，外不治癣，而我就是专门治这个治起来容易被打脸的疾病的。目前来说，我们没有任何特别有效的办法来消除‘伏痰’或者说‘夙根’，只能尽量地消除哮喘的症状，尽量地去用化痰药化痰，用止咳药止咳，用平喘药平喘。这就是我们目前的所作所为！”

我想了想，事实上有很多哮喘患者在其他地方求医无果，而在老师这儿得到了缓解甚至是“治愈”，如果按照老师的说法，那岂不是没有什么病能够完全治愈吗？我不解地继续问：“可是您治好的患者并不在少数，如果说终生不犯病了，是不是可以说是治愈了呢？”

“不能，只能说他们在缓解期，或许终生不再犯病，但是不代表疾病好了！比如有个人很小的时候得了哮喘，但是后期治疗得当，维持得也好，几十年没犯病，突然有一天，因为他岁数大了，正气不足了，没有能力抵抗外邪，此时这些内因、外因、不内外因，总之就是诱因，将‘夙根’引诱出来，于是发作了。虽然距离上次发作已经相隔几十年，但是病因还是原来的问题，所以你应该要理解，我们所做的事，能做的事，事实上真的很有限。所以多数时间我们做的事情就是，偶尔去治愈，常常去帮助，总是去安慰。”

“偶尔去治愈，常常去帮助，总是去安慰。我记下了！”

回到家，躺在床上，我反复默念这几句话，心里犹如江河湖海翻腾一般，原来这才是医道！我猛地起身，拿起笔写下这首《医愿》：

此生不悔御岐黄，祈苍怜悯厄难郎。
灵株仙草遍野是，漫天甘露润饥荒。
四季皆平土丰簇，秋收满树李桃浆。
但求至此无顽病，笑看药柜泛霜黄。

陆 桂枝汤

“桂枝汤治太阳风，芍药甘草姜枣同，解肌发表调营卫，表虚有汗此为功。”

闲暇无事的时候我愿意拿出方歌来读一读，刚读到桂枝汤的时候，老师忽然问道：“桂枝汤是什么方剂？”

我一脸茫然地看着老师反问道：“桂枝汤？是张仲景的方剂？”

老师被我逗乐了，看着我不知所措的样子继续说道：“我是说什么类型的方剂！”

“哦，解表剂！这不是嘛，书上写的‘发汗解肌，调和营卫’！”我一边说，一边拿着《方剂学》指给老师看。

老师一把将书推到一边，问道："那知道伤寒六祖剂是什么吗？"

我摇了摇头，说道："我不知道！不知道！"

"所谓伤寒六祖剂，便是汗剂之祖麻黄汤，吐剂之祖栀豉汤，下剂之祖承气汤，温剂之祖四逆汤，寒剂之祖白虎汤。"老师说道。

"这才五个，还差一个！"我心里已经知道了，这明显是要考我！

"是五个，第六个和剂之祖是什么？"老师接着问道。

"那肯定是桂枝汤了！"我不假思索地回答，心里暗道：我要是说小柴胡汤不用想肯定错啊！这明显就是拿桂枝汤来教育我啊！

"行，还没蠢到家！这次就算你聪明了，没说小柴胡汤！可惜，就是书啊还没读够，也没读透！"老师一副孺子不可教的样子感叹道。

每每到这个时候，我都知道我必须接着问下去，于是说道："我这才到哪儿啊，我连门槛都没看见呢！但是老师，书上都写了，桂枝汤是解表剂，为什么是和剂之祖？是书错了吗？"

老师来了精神，回答道："其实，首先你要知道，什么叫太阳中风表虚证，它和太阳伤寒表实证的区别又是什么，仅仅是有汗无汗而已吗？事实上并不是这样！《中药学》把桂枝归为解表药，《方剂学》把桂枝汤列为解表剂，事实上遣方用药的时候你会发现，治疗外感病我很少用桂枝，桂枝汤也很少用于外感病。"

我继续追问："这又是为什么呢？如果桂枝汤算是和剂，

那么书是不是错了？”

老师回答道：“可以说错，也可以说没错！但是桂枝汤本身不具备解表的功效，桂枝解肌！一字之差，相距万里！表，皮毛也；肌，腠理也。你在看桂枝汤用法的时候，你会发现，桂枝汤是需要佐热粥、盖棉被进行发汗的。如果桂枝汤本身能够发汗，为什么还要用热粥和棉被呢？岂不是多此一举？你说桂枝汤的功效是什么？”

“发汗解肌，调和营卫！”我不假思索地回答道。

“对！桂枝汤的主要作用就是调和营卫！桂枝汤证是什么呢？在感受风寒之前，患者就已经处于一种‘亚健康’的状态了。这种状态就是营气不能外达荣养肌肤腠理，使鬼门开，风寒二邪乘虚而入，所以太阳中风才会出现有汗的状态啊！因此，桂枝汤的根本作用是调节营卫之间的不和，使之能够将相和，从而使正气恢复，以将邪气鼓出，再佐以热粥、棉被，发汗功效倍增！所以桂枝汤是和解剂而非解表剂。一字之差，差之千里！你明白了吗？”

我点了点头说道：“我明白了！原来如此！桂枝汤真不愧是仲景群方之冠，还有这么多说头！”

柒 四逆散

“孩子，过来，你号一下她的脉！”老师招了招手对我说道。

得到老师的认可，我心里多少有些激动，虽然之前也切过脉，但是毕竟没有在老师的指导下，这是我第一次正式切脉！

切脉大约半分钟之后，我抬起手，看着老师，老师问我：“你有什么样的感觉？”

我回答：“弦细！”

老师接着问道：“用什么方？”

我想了一下说道：“根据这位大姐的描述和诊脉得到的结

果，我觉得是肝郁气滞，并且肝血不足，当用柴胡疏肝散和四物汤作为基础方进行加减。”

“那你说四肢不温又做何解释呢？”老师瞄了我一眼问道。

“这……”我顿时哑口无言，看着老师，无可奈何，不知所措。

老师接着去和患者说话了，我一直在沉思，过了一会儿，老师开好了方子，我拿到手里，看到老师仅用了四味药。

这一天老师都没怎么搭理我，临到下班忽然问了一句：“四逆散的方歌还会吗？”

“四逆散中用柴胡，芍药枳实甘草须，此是阳郁成厥逆，疏肝理脾奏效奇。”

“外邪传经入里，气机不能条达被遏于里，以致不能温煦四肢末梢，所以当调理气机，以柴胡为君，白芍养血柔肝为臣，枳实理气破气，与白芍一散一收相反相成，甘草调和诸药，又能补中益气。这个方和这个病你明白了吗？”

“看到四逆散，我已经明白了！”

老师一脸阴沉地看着我说道：“遇到肝郁气滞就柴胡疏肝散，遇到血虚就四物汤！用药一定要精准，能用简便小方做到的，就不要用大方，用药要精，辨证要准。你啊，怕不是以后要成为一个‘开药先生’，让人麻袋扛、小车搬？真是孺子不可教也！”

“老师，我这种朽木您都能雕，您也真是鬼斧神工了！”

“这话我爱听！”

捌 补血

诊室中血虚的患者很多，但是并不是每一个患者老师都投以同样的方剂，有时候侧重用当归，有时候侧重用白芍，有时候又侧重用龙眼肉。

带着疑惑我不禁问道：“补血药很少，现在最常用的也就是当归、白芍、龙眼肉了，它们之间的用法有什么区别吗？”

老师说：“《内经》上说，‘中焦受气取汁，变化而赤，是谓血’，又说‘中焦亦并胃中，出上焦之后此所受气者，泌糟粕，蒸津液，化其精微，上注于肺脉，乃化而为血’。龙眼肉也好，白芍、当归也好，它们共同的特点都是归脾经。脾为气血生化之源，又是后天之本。当归归心、脾、肝三经，龙眼肉归心、脾经，白芍归肝、脾经。三者虽然都能补血，但是侧重点各有不同。”

我接着问道：“除了归经之外，还有什么不同呢？”

老师回答道：“当归为血家圣药，性温，味辛，归心、脾、肝三经，适用于各种血虚证，不论是心血虚还是肝血虚，都可以使用；白芍性微寒，味酸，归肝、脾二经，肝血虚重用白芍效果更好，且白芍性微寒，偏于凉补，对于一些血虚生燥的人更为适合；龙眼肉性温，味甘，最适合心脾气血两虚的人使用，且偏于温补，同样适合血虚日久畏寒肢冷的人使用。”

“在补血剂中，当归补血汤、四物汤及归脾汤是经常使用的。您刚刚说了，龙眼肉适合心脾气血两虚的人，归脾汤所适用的对象也是这类人群，所以用龙眼肉作为君药再合适不过了。但是四物汤和当归补血汤就有些奇怪了，四物汤的君药是熟地黄，而当归补血汤的君药是黄芪，熟地黄的主要功效是滋阴，因为血乃阴性，这勉强也说得过去；但黄芪是补气药，血虚为何要补气呢？”我追问道。

“先说四物汤，四物汤的起效相对来说是较慢的，为什么这么说呢？因为四物汤的立法依据是补肾生髓为主，补血为辅，以补根本的方法来弥补血虚的状态。”

“这个我理解了，那当归补血汤呢？”我接着问道。

老师回答道：“当归补血汤的立法依据就要从我刚刚说的《内经》原文上找答案了，两句话反复提到中焦，事实上学中医的都知道，一般提到中焦，就代表了脾胃，而当归补血汤是一种应急的补血剂，起效很快，收效很好，但只能收一时之效。”

我又问道：“那么，为什么只能收一时之效？”

老师回答道：“事实上这就是在立法上的区别。春秋战国时期，法家出现过三大流派，慎道讲‘势’，以天下形势为基础，顺势而行，无为而治；申不害讲‘术’，整肃吏治，君王权术；而商鞅讲‘法’，依法治国，行于后动。而‘势’和‘术’事实上都不是从根本上依靠‘法’来治理国家，所以齐国、韩国最终没有成为强大的国家，而依‘法’治国的秦国最终统一了天下。当归补血汤就是通过气为血之帅、血为气之母的理论来进行立法的，但这不是从根本上补血，只是用气暂时让脉络充盈。”

我点了点头说道：“您的意思是，补髓生血是从根本上治疗血虚，而当归补血汤通过大量使用黄芪补脾气，达到补血的效果是类似于‘势’‘术’，不是从根本上进行补血，所以只能收一时之效？”

老师笑道：“孺子终于可教也！”

玖

授业解惑

有时候我觉得中医的门离我很近了，有时候我又觉得中医的门遥不可及。中医这位“朋友”总让我有种若即若离的感觉。有时候我觉得我很懂它，有时候我觉得我不理解它；有时候它高不可攀，有时候它又平易近人；有时候它是下里巴人，有时候我又觉得它是阳春白雪。

我问老师：“您对于中医的感觉是什么？是阳春白雪还是下里巴人？是近是远？”

老师回答道：“是你选择了中医，还是中医选择了你？为什么你会在这里跟我学习？中医不是阳春白雪，也不是下里巴人，不远也不近，既然你最终选择了中医，开弓没有回头箭！”

“我想成为一名中医得需要多少年？”

“从你开始学习到拿到执业医师证差不多得八年吧！”

“那成为一名好中医呢？”

“那得二十年！”

“那成为一名一流中医呢？”

“那恐怕就得一辈子了！”

我大失所望，说道：“一辈子？从八年到二十年，再到一辈子，时间越来越长，中医的门槛为什么这么高？”

老师轻轻摇了摇头，扶着我的肩膀说道：“其实中医的门槛从来都不低，不是谁都能学的！除了天资之外，最重要的就是毅力！你对中医的掌握要看你将中医当作什么。如果你把中医当作工具，那它就是死的！如果你把中医当作朋友，那它就是朋友，活生生的朋友！你把中医当作伴侣，那它就是伴侣，是陪伴你一生的人！你把中医当作生命，那中医就会融入你的血液，进入你的骨髓，最终和你融为一体！懂了吗？”

“您把中医当作什么呢？”

老师笑了笑，并没有回答我的问题，反而说道：“记住，老师的责任就是授业解惑！授人以业，解人之惑！师父领进门，修行在个人。中医我教你，但是还需要你自己慢慢去悟！”

壹拾 朋友与恋人

我捧着《黄帝内经》对老师抱怨道："老师，我实在看不下去《内经》！我总有一种每个字我都认识，但是组合在一起之后我就什么也不知道的感觉！"

老师看着我的样子笑了笑说道："当然，因为你把中医看成了书本，所以它冷冰冰的！你试着和它交朋友，它才会向你吐露真心！"

我不解地看着老师问道："我究竟该怎么和中医交朋友？"

老师坐在椅子上没有看我，故作神秘地说道："慢慢来吧！你现在还差得很远！"

某日，亲戚来我这里求医，说他头痛难忍，吃了去痛片能挺一阵子，但是药效过了就更痛了。我看他面色略黑，发质枯槁，指甲没有血色，又切了脉，肝、脾呈弱脉，询问了疼痛的原因，得知其汗蒸后吹了寒风，又喝了酒，于是我开了个方子：九味羌活汤合四物汤加味。三剂药后，他称有改善，于是又抓了三剂，两周后基本上痊愈了。

我兴奋地去找老师："老师，您看我摸到中医的门槛了吗？"

老师不以为然地说道："两周治好一个头痛就乐得跟个猴儿似的？平时让你好好练习针灸，你就是不听！若是针药并用，一周就差不多了！而且四物汤用的不是很准确，如果换成一贯煎效果会更好！"

老师的话无疑给我泼了一盆冷水，就在刚刚我还觉得我和中医已经成了朋友，但转眼又成了路人。我不甘心！总有一天，我不但要和中医成为朋友，还要成为恋人，最终将其融入血液，与之合二为一！

壹拾壹

用药如用兵

在每个不眠之夜，总会想起一些事情，拥有的时候不去珍惜，失去了心中无限懊恼，树欲静而风不止，子欲养而亲不待。

“这用药就如同用兵啊！你要牢牢地记住。”老人坐在床边，一脸严肃地对一个懵懵懂懂的小孩说道。

“像诸葛亮一样吗？嘿！哈！”小孩一边反问，一边拿着“如意金箍棒”胡乱地挥舞着。

老人捻须而笑，拉过孩子说道：“真要是用好了，可比诸葛亮厉害多了！”

那时候我并不懂太爷爷说的究竟是什么意思，诸葛亮草船借箭、三气周瑜、智取南郡，未出茅庐便知三分天下，比这样的人还厉害的人竟然是中医大夫吗？

“一个人患了疾病，就如同一座城池被攻克了一般！就像曹操，曹操是什么人啊？是坏人！是乱臣贼子，挟天子令诸侯，率领八十三万大军攻克了荆州。”老人意味深长地继续讲道。

“那荆州为什么会被攻克呢？”我不解地瞪着眼睛，放下了“金箍棒”问道。

“无非那么几种原因，一来是这士兵不够精壮，城墙不够坚固，就像人体的卫气虚弱，不足以抵抗外邪；二来将帅不和，就像人体的营卫不调，虽然卫气充足，但是无法调动组织卫气，给了邪气可乘之机；三来就是粮草不足，士兵精良，将相和，但是后勤补给不上来，就像是人体脏腑阴阳精气亏虚，身体失去荣养，自然就不能生成正气去抵抗外邪。于是城池就被攻克了，百病也自然由此而生。”老人轻抚着我的头，耐心地对我说道。

“那怎么样才能守护住城池呢？”我抬起头望着老人一脸认真的样子依然不解地问道。

“人体就像是一个国家、一座城池，当一个国家、一座城池拥有雄壮的士兵、防御的阵法、出谋划策的军师，以及一个军队的灵魂，这个城池就会无比坚固！而中医就像是这个军队的元帅，大夫决定了一个药方的灵魂所在！所以一个好大夫并不比诸葛亮差啊！哈哈哈……”

老人爽朗的笑声回荡在我的脑海中，他当年耐心教我背诵的《汤头歌》，我至今已经忘记了大半，但“用药如用兵”这句话却像是铭文一样深深地烙印在了我的心上。

壹拾贰 郁证（一）

我想每个家庭最幸福的时刻，就是添丁进口了，面对新生命的那种喜悦，对于大多数人来说是难以表达的，然而对于有些人来说便不是那么幸福了。

前不久，门诊来了一个女患者，在一个老人的陪伴下坐在门诊科室的诊疗床上，从表情上来看和其他人并没有什么不同，就那么静静地坐着。她大约排在十几号。

大约一个小时后，终于轮到她了，我叫了她的名字，并让她留下了联系方式，这和之前一般人一样，没什么差别。

就在老师问她一些基本情况和症状的时候，只听到一声惨叫："哇！"

全神贯注地看着电脑处方的我被吓了一跳，转眼间她成了整个科室的焦点。

她哭诉道：“大夫，你救救我！救救我！我不是精神病，我去 ×× 院，他们给我开的药，都是治精神病的药，我不是精神病！我不是！救救我！”

紧接着她泣不成声，不能说一句完整的话了，我递过一张面巾纸，她说了声“谢谢”，接着号哭起来。她身边的老人开始叙述她的一切。

从老人口中我们得知，老人是她的父亲，她习惯性流产，最后一个孩子是试管婴儿，而且是早产，由于过度担心，她得了产后抑郁症，并做出了很多自残的行为，看遍了西医均无良效，而且她本身对抗抑郁类药物十分排斥。

老师开始不断地安慰她，并将她收治入院。

“说说如果是你，你怎么治疗？”老师问道。

“这个患者，七情致病占五个：忧、思、悲、恐、惊。这是典型的妇人脏躁，属于郁证范畴，当先从最严重的失眠入手，可用安神定志丸作为基础方加减，重用酸枣仁、夜交藤等安神药物；其次疏肝理脾，镇静安神，以疏肝和胃汤为底方；最后滋补心肺二阴，补肺汤合养心汤作为底方酌情加减即可。”

“说得这么好，那你就负责她吧！”老师打趣地说道。

我惊恐不安地说道：“这，这我哪儿敢啊！”

老师笑道：“哦，就会纸上谈兵啊！”

我脸上的惶恐依然没有退却，说道：“有您在，我怎么敢？”

然而老师并未完全采纳我的方案，在最开始，使用了逍遥丸合甘麦大枣汤作为底方，并没有使用安神定志丸。

老师说道：“舌边胖大有轻微齿痕，此为脾气虚的表现，临证还需多谨慎啊！”

经过将近一个月的汤药调理外加针刺艾灸，患者的脸上恢复了昔日的笑容。

壹拾叁 郁证（二）

下午，偶尔能比较清闲，我一边伏案写跟师笔记，一边跟老师闲聊。就在这个时候，楼下儿科主任送来了一个患者，应该是他认识的人吧，让老师给看看，不过没有挂号。

她开始滔滔不绝地说了起来，先是说自己胸口疼，又说自己胸口闷，然后东扯西扯，连几十年前的事情都扯出来了，什么邻居孩子偷她钱，踩她花，邻居没有好人。总之借用曹丞相的话来说就是：宁教我负天下人，休教天下人负我。

对于这样的人老师十分无奈，然而迫于同事的面子，还得继续听着。

等她口干舌燥地说完了，老师开始劝导她，让她凡事不要管得太多，凡事不要太往心里去，总之是苦口婆心了。

然而她依然油盐不进地说着别人怎么怎么样。

老师拿起一本病志，写了几个药，其中最主要的就是坤宝丸了，事实上是实在对其无奈了。那个人走后，老师长长舒了一口气说道：“再过几年，如果她不改自己的心性，只要稍微受一点精神打击，这人就该送精神病院了，这是郁证向狂证转归的初期阶段，再这样下去就会发展为癫狂证。”

“生铁落饮？”我脱口问道。

“她这个病不是一天两天形成的，是一个长期的过程，不是单纯靠药物就能解决的，她根本认识不到自己的问题，别说生铁落饮，就是千年人参也没用！你把她身体上的病治好了，她心理上的病怎么办？这不是医生力所能及的！性格决定一个人的一生！郁证有两种，因病而郁，因郁而病。因病而郁好解，因郁而病难医。”

壹拾肆 瘾疹

一般来说瘾疹大致等同于西医所说的荨麻疹，俗称“鬼风疙瘩”“鬼饭疙瘩”，常常是一出一大片，瘙痒难忍，越挠越多，但来得快，去得也快。

这天，老师接到这样一个电话，说喝完了老师开的汤药，浑身起疙瘩，瘙痒难忍，但在之前却从来没有遇到过这种情况。

我隐隐觉得有可能是荨麻疹初起发作，电话中老师让他赶快拿着药回来，等这位患者来的时候，已经是下午接近下班的时间了，他的症状已经全部消失。

我拿来一根牙签，老师在他的胳膊上轻轻地划了一道，基本上确定了就是荨麻疹，和服用中药毫无关系。

再后来继续询问得知，因为他家就住在医院后面不远，他取药的时候没穿外衣，从医院出来的时候被冷风吹了。医院里面是有中央空调的，冷热一交替，加之他本来上了岁数，身体抵抗力弱，于是诸多因素汇合一起，便生了荨麻疹。

老师给他挂了个免费号，抓了一剂桂枝麻黄各半汤，告诉他回家熬好服用会发汗，汗出就好了，然后继续服用已经熬好的汤药。

第二天，患者打来反馈电话说荨麻疹痊愈了，老师嘱咐他等两天，如果没有复发，继续喝原来的汤药就可以了。

老师对我说："瘾疹也就是荨麻疹，风寒初起，汗解即可，其在皮者引而发之。桂枝麻黄各半汤只需因病情加减即可。"

我继续问道："那么瘾疹中后期需要怎么治疗？"

老师回答道："根本就没有中后期这一说，实际上如果不及时治疗，风邪入里，就会迁延反复，其实就是西医所说的慢性荨麻疹。如果转为慢性，就当遵从'治风先治血，血行风自灭'的基本原则，如果是热证，则犀角地黄汤可用；如果是寒证，则血府逐瘀汤可选，临证加减即可。"

壹拾伍 感冒（一）

人吃五谷杂粮没有不得病的，人生就是一场戏剧，要说倒霉催的，那是屋漏偏逢连阴雨。临近入冬的时候，北方这些老慢病就都找上门来了，每天诊室就像个喧嚣的菜市场一般。

为了保证速度，就得赶时间，开处方的时候真的没有时间多看一眼，于是犯了一个低级错误——没有修改处方的用量，结果其中一个方子的用量就是一日一次。

当然，如果这个时候老师要是骂我两句，我肯定还能好受一点，关键老师光安慰我来着，就因为这个上了一股火，嗓子就不太听使唤了。

回到家，家里人开窗户通风散热后，窗户没关严，疲惫的我没有察觉，倒头便睡。

第二天凌晨三点，我是被冻醒的，以为没事，因为除了嗓子有点紧以外没什么大毛病，到了诊室拿三棱针在少商穴放了血，此时嗓子的不适症状多少缓解了一些。

到了十点左右，就开始一阵阵的背后发寒，接着嗓子紧，然后眼前就一阵忽悠，老师也发现了我的异常，不过屋内还有患者，无奈坚持干了一上午。其间，量了体温，38℃多点，冲了小柴胡颗粒，基本无效，剩下的就是煎熬了。

有病总得吃药吧，我给自己开了方子，还没开完，老师说我是寒包火初起，用柴葛解肌汤。这和我的想法不谋而合，然后适当做了加减。

弃用羌活因为贵，重用石膏因为火，弃用桔梗因为此时我有干呕的症状，桔梗载药上行会加剧这个症状；加入麻黄、独活、苦杏仁。此方便是柴葛解肌汤合麻杏石甘汤的加减方。

回家熬完药，又煮了小米粥，当然这些都不是我做的。

接着我蒙头就睡了，从中午十二点多一直到下午四点多，我总算知道什么叫作覆杯而愈了，治疗感冒中医只要辨证准确，都是能达到这种普通又神奇的效果的。

在这之前其实我是准备抓三剂的，但是老师看过我的方子告诉我一剂就够了。服药后除了嗓子还有点紧以外，其他的症状基本上都没了，又冷服了两碗后，因为是周日，休息了一天，基本痊愈。

事后和老师谈论中医治感冒，我说：“咱们中医治感冒基本上两天，而患者呢，从来不找咱们。”

老师说："只要对证，感冒一剂而愈没什么不可能的，但是患者往往都是拖到非常严重时才来找中医治疗。像你这个就是抓住了证候，而且用药准确，但患者并不懂这些，非要拖到重症，甚至拖到必定留后遗症的程度才来。"

我们常常说，亡羊补牢，为时不晚。可羊能繁衍后代，也能用钱再买，人体的先天之气就那么多，真的是丢一点少一点啊！奉劝各位，有病及时就医，不要硬挺。有些人感冒了喝水就能挺过去，但是人和人之间是有差别的，不要小瞧感冒，有时候真的能要了人的命。

壹拾陆 感冒（二）

某日，江城忽然变天，下午阴雨连绵，外加天气忽然转冷，第二天，不少人得了感冒。医院保卫科的大哥不好意思因为感冒找主任，所以求助于我。

简单地询问了一点情况，得知其锻炼的时候赶上下雨受了寒，我开了三味药：麻黄、防风、甘草。嘱咐其晚上用不锈钢电水壶熬，喝完就去睡觉，一定要捂出汗来。

下午的时候，他又回来问道："我找 × 大夫问了，他说你开的这个方找不到出处，你看他给我开的中成药，让我去买这个！我特地回来问问你，你这方是主任自己的秘方不？到底能好使不？这个他说吃几天就好！"

我是个好奇的人，比较好奇 × 大夫开的药，于是问道：

“他让你买什么中成药？”

大哥不假思索地回答：“××感冒颗粒。”

我心道，这是一个辛凉解表剂作为底方的中成药，根本就不对证，于是说道：“我这个方有出处，你放心吧，也不是什么秘方，你就照我说的做，我保你明天起来就是个正常人，如果不好使，你再买这个中成药不就完了？好了记得回来找我！”

次日，中午午休的时候，大哥果然来找我了，见面就说：“神了，果然还是名师出高徒！你这方是主任的秘方吧！”

我没有辩解，说道：“嗯嗯，秘方，见到×大夫，你就说他开的××感冒颗粒好使！你可别给我说漏了！”

大哥拍了拍我的肩膀说道：“行，下回感冒我就抓这个方了！”

我摇了摇头说道：“这可不行！这方就这回好使！”

“那行，下回我还找你了！”大哥说完便笑着走掉了。

看着大哥离开，我也笑了笑，治疗这种风寒感冒，照书无非就是无汗麻黄汤，有汗桂枝汤，一般也就不会错了。而且这位保卫科大哥，平时就注意锻炼身体，壮得像头牛，无非也就是淋了雨，受了风寒湿邪。首先他咳嗽不是很严重，我没必要用苦杏仁；其次他身体结实健壮，寒邪不容易侵犯到肌腠，皮毛之寒而已，我也没必要用桂枝。我用了少许麻黄，不过3g，微微汗出，散寒解表；防风祛风解表，胜湿止痛，因为冒雨涉水，剂量稍大一些，但也不过12g而已；最后6g甘草，取其国老之性，调和二药。

治病不在于用药多少，而在于三因制宜，因天、因地、因人，方能中病而良，张元素诚不欺我！

壹拾柒

久泻

老师指着电脑上刚刚开好的方子问我："此方加入车前子、金钱草是什么意思？"

老师开方的时候我已经瞄了几眼了，此方的底方为不换金正气散，方子中又加入了禹余粮和赤石脂，为《伤寒论》中治疗久泻久利的经典方剂——禹余粮赤石脂汤。

此方与不换金正气散合方的基础上，又加入了车前子、金钱草与肉桂。

先说患者，此人素体湿盛，是个标准的大胖子，因为感受寒邪而泄泻不止。

我想都没有想，随口而出："泄小便，实大便。"

老师说道："湿性趋下，而寒邪只是诱因，这个患者是痰湿体质，不换金正气散本身就有祛湿解表的功效，将寒邪驱散，又兼有半夏、陈皮、苍术、厚朴这些理气化痰祛湿的药物，照理来说已经足够了，但是就在刚刚患者等候就医的时候还上了一次厕所，而且他自述自己近一个月来每天上厕所最多的时候能达到十多次，这样的话不换金正气散就远远不够了！"

我接道："所以加入了禹余粮赤石脂汤！这两味药都有涩肠止泻的功效，而且是经典的验方，临床效果很好！"

老师继续说道："是的，这个方子是经方中对于这种下利滑脱不止泄泻的专方，平时其实很少能够用到。这个患者本身疾病的原因在于小肠分清泌浊的功能差了，加入车前子、金钱草是将多余的水分排出去，让水从小便走，这样小肠中的水湿相对就少了，泄泻也就能够止住了。"

我问道："用肉桂是不是为了抑制这两味药过于寒凉？"

老师回答道："车前子和金钱草确实寒凉，但不换金正气散整体来说还是偏于温性的，而肉桂除了抑制寒性，其本身还有补火助阳、引火归源的功效。"

这个方子一共开了三剂，患者反馈良好，泄泻从最开始的每天七八次减少到了三四次。后又使用参苓白术散和四神丸加味，连续服用一周，患者大便基本恢复正常。由于患者不愿意再服用中药，告诉其后续以参苓白术散进行巩固治疗。

朱丹溪说：治湿不利小便，非其治也。故凡泄泻之药，多用淡渗之剂利之。

壹拾捌

阴水

这日，一位年近九旬的老大爷被用轮椅推进诊室，他的儿女也都年近古稀，除了儿女，还有孙子、重孙，诊室虽然还算宽敞，但是这一家人来了之后显得非常狭小了。为了不耽误其他人，老师照顾他，提前给他进行诊治。

“来，给老人家让一让，这老人家 89 岁了，大伙照顾照顾吧！来，把轮椅横过来！”老师一边说着，一边开始搭脉。

听患者家属口述，近日来老人双腿浮肿，走路极其困难，连鞋都快穿不上了，主要想治治这个水肿。

老师在看了老人的一些检查报告后，让家属将老人推了出去，对患者家属说：“这个可能是心源性水肿，因为老人上了年纪，我只能说尽我的能力试试看。”

家属听了之后，无奈地说道：“主任，我们去了几家医院，人家都不收，嫌岁数太大，说没什么治疗价值，听说您看得好，我们这也是没办法，您就给看看吧！”

下午闲暇之时，老师问我：“上午那个老人还有印象吗？”

我点点头回答道：“当然有！”

老师问道：“阴水阳水？”

我不假思索地回答道：“阴水！”

老师接着问道：“治疗水肿的大法是什么？”

我还是不假思索地回答道：“开鬼门，洁净府，去菀陈莝！”

老师又问道：“那什么又是开鬼门、洁净府、去菀陈莝呢？”

我依然不假思索地回答道：“开鬼门就是发汗，洁净府就是利小便，去菀陈莝就是泄大便。”

老师点点头继续问道：“说得不错，那么什么样的水肿可以发汗，什么样的水肿可以利小便，什么样的水肿要泄大便？”

我想了想，一般这个时候就是懂也得说不懂，这摆明了就是要难为人，更何况我仅仅只是一知半解，我只得摇了摇头。

“其实你说得已经挺好了，一般治疗水肿，上半身水肿当发汗，下半身水肿当利小便，若二者皆不奏效则泄大便。这个老人脾肾阳虚已经相当严重了，切脉的时候脉呈细象，兼有结脉，大体应当温补脾肾，利水渗湿。我用了苓桂术甘汤为底方，又将桂枝换成肉桂，干姜温煦肾阳，加入乌药。这乌药可是一味好药，上能温肺，中能温脾，下能温肾。方中茯苓的利水渗湿的功效是远远不够的，所以我又加入了一味最重要的药——玉米须，因为老人岁数太大，所以重用玉米须进行下水。”老师滔滔不绝地讲道。

后续老人陆续调换了三次药方，配合水分穴附子饼灸，后来基本生活能够自理。

《金匮要略》云：“诸有水者，腰以下肿，当利小便；腰以上肿，当发汗乃愈。”

壹拾玖 饱食九分毒

每天在诊室里听老师说得最多的话就是："少盐少糖，少烟酒、咸菜、酱，少生气，少食多餐七分饱。"

老师对我说："别的科都是劝你多吃点好的，可是在我们科就是行不通，要知道药三分毒，饱食九分毒。"

我问："这是为什么？为什么饱食九分毒？"

老师回答道："老年人脾胃功能差，胃肠蠕动较慢，消化吸收得慢，食物停留在肠胃的时间要比年轻人长，停留在胃中的食物就会抢夺心脏的地盘，原本心脏功能就已经较差了，此时再加上原本的运动空间又被胃占据了，就会出现胸闷气短、胸痹心痛、心悸怔忡等症状。所以才要少吃多餐！"

我恍然大悟！怪不得老师的方子里面焦三仙是必不可少的药物，于是我问老师："所以您治疗这一类疾病的时候，方子里总是要有健脾消食、理气导滞的药物，比如焦三仙、鸡内金、草豆蔻、蚕沙这类的药物？"

老师回答道："对，脾为后天之本！滋养后天之本方能补五脏，实际上就是恢复脾胃的功能，身体素质上来了，疾病自然能够得到缓解，甚至有治愈的可能。"

"除了滋补脾胃以外，治疗这一类疾病还要注意什么？"我继续问道。

老师回答道："久病必虚，自然要给这些老年患者滋补，而滋补时应当根据患者的体质选取不同的补益药。在治疗疾病的过程中，老年男性患者可以适当给予益阳药，而老年女性患者则适当使用滋阴药。但不绝对，临床还需辨证才行。除了虚证还要注意痰，火能生痰，寒能生痰，风能生痰，燥能生痰，湿能生痰，食能生痰，饮能生痰，情志亦能生痰。现代的人的病真正的虚证很少，这是因为物质能够得到极大的满足，多数人的病都是吃出来的，所以从痰上入手很多病都能够得到良效。这也是我为什么常说少盐少糖，少烟酒、咸菜、酱，东北人本身口味就重，还是要少吃这些刺激类的食物才好。"

我点点头回答道："原来如此！"

贰拾 当归补血汤（一）

几乎所有人都曾经不同程度地“发过烧”，记得小时候发烧，手心、脚心、胸口被散发着辣味的白酒涂满，额头则被一条用冷水浸湿的毛巾所覆盖。治疗发热，大多数人首先想到的就是“凉”。

中医退热多以寒凉药为主，比如代表方剂白虎汤、正柴胡饮、小柴胡汤、大承气汤等。这类方剂的共同特点就是以寒凉药为君药，以此来达到退热目的。

然而凡事皆有特例，金元时期补土派的创始人李杲就提出用“甘温除热法”进行退热。当然也不是所有的人都适合使用“甘温除热法”，只有“气虚发热”和“血虚发热”的情况下才可以使用，代表方剂为补中益气汤与当归补血汤。

老师说：“实际上甘温除热法在中医中属于‘反治法’的一种，是金元时期易水派李东垣提出的，所谓的‘反治法’就是热因热用、寒因寒用、通因通用、塞因塞用等。甘温除热法正是以热制热，热因热用！”

“以热制热？患者本身已经在发热了，再用温热药难道不会火上浇油吗？”我不解地问道。

老师接着说：“通常我们当然会热者寒之，寒者热之，但气虚发热、血虚发热却不可以，妄用寒药反而会伤及患者本身的正气！然而金元时期之前，人们没有意识到甘温药也能退热，一旦这类药物用好了，简直药效如神！”

我也亲眼见到了这样的疗效，每周六老师都会作为特邀专家去分院坐诊一天，分院坐落于市下属的县城，其中不乏许多农民前来求医。

这天，来了一个面色萎黄的女患者，表情有些憔悴，步伐略微沉重，患者自述午后体温总在37℃到38℃之间，周身乏力，不论做什么都提不起精神，这样的状态已经持续半年了，中间求医不少，都没有什么特别好的疗效。

“你不是总想看看‘甘温除热’吗？今天便能看到了！”老师露出一丝得意的微笑说道。

不一会儿，他便写好了方子，方子的药味不多，但大都是补气的药物，第一味药物黄芪则用到了60g，第二味当归则用到了12g，这是当归补血汤的配比。其余的有温补气血的药物，如党参、龙眼肉；也有柴胡、升麻这类解肌除热，升阳举陷的药物。

一周以后复诊，患者午后发热的症状基本上消失，正如老师说的：药效如神。

方歌曰：当归补血治血虚，黄芪五倍当归一，虚阳发热口烦渴，寓补营血先益气。

贰拾壹

郁证（三）

这天，诊室里面来了一个不速之客，原本有序的队伍被她的一声尖叫打乱了。所有人的目光都集中在她的身上。

“大夫，我不行了！我难受！你先给我看看吧，我不行了！”她大声地嚷叫着，整个走廊都回荡着她的哀号。

遇到这样的患者，我和老师都心照不宣，越是这样的人，越是没什么事情，就是单纯地想要插队而已。我刚要说话，老师拦住了我，自己说道：“我这里不是急诊，你要是难受的话，我们医院有急诊科，你赶快把号换成急诊号吧！”

她一边摇头一边捂着胸口大声地喊叫道：“不行，不行！你是专家，你快给我看看吧，别人我信不着！你就给我开个绿色通道吧！”

“我这儿不是急诊啊，我这儿没有绿色通道，我这儿也没有抢救措施，况且我这是一般门诊，你前面这么多人，抱歉！不行！”老师再一次拒绝了她。

终于，她安静了一会儿，但是谁想到这仅仅是暴风雨前的宁静，我们科的另一位主治医师查房回来刚进门，她又开始了新一轮的表演。

她捂着胸口，坐到那位老师的面前，大声哀号道：“你给我看看吧，我实在是太难受了！我这儿难受……”

那位老师无奈地看了看我说道：“开一个心电图和心脏彩超吧！”

我知道如果不打发她离开，接下来的诊治还得是这样惊心动魄，我开了单子递给她，她拿了单子小跑着出去了，满屋子的人哭笑不得。

也就过了大约十分钟吧，她拿着心电图回来了，又开始在屋子里面叫喊着“疼啊！疼啊！”那些刚刚重复了很多遍但她依然不觉得烦的话。

但是老师觉得烦了，终于妥协了，将她招呼过来，跟她谈了很多，但是始终没有开药。而她从她二十多年前离婚，说到孩子在新加坡，给她寄了多少多少衣服，一直就是这几句话、这几件事情重复着。

那一天，我和老师都很累，直到接近下班才将全天的工作做完。

“老师，你说这样的人，是可怜、可悲还是可恨呢？”我不知道为什么突然随口问道。

“也许可怜、可悲又可恨吧！”老师苦笑着回答道。

贰拾贰　引经药

药引子，一个在民间被传播得十分神奇的东西，有了它原本疗效并不是很好的药物，瞬间能够增效十倍甚至百倍。然而中医真的有药引子的说法吗？

抱着怀疑的态度我向老师请教道：“民间传说，服中药的时候，总有药引子这种东西，有鸡蛋，有露水，那么药引子究竟是什么呢？中药里面有药引子这一说法吗？”

老师回答道：“其实这所谓的药引子，便是中药中的引经药。用好了，疗效如神！比如最常见的桔梗，桔梗被称为‘舟车之药’，能够载药上行。比如参苓白术散，加入桔梗后，能够载药上行，培土生金。所以参苓白术散除了止泻以外，不少医家还用来治疗咳喘，效果非常不错！另外被称为载药的还有牛膝，牛膝和桔梗相反，能够载药下行，比如血府逐瘀汤，利用牛膝载药下行的特点，把瘀血引导到下面，正是血化下行不作痨。”

“那么除此之外，还有其他的引经药吗？”我继续问道。

老师回答道：“根据《珍珠囊》记载，足太阳膀胱经引药为藁本、羌活，足少阳胆经引药为青皮、柴胡，足阳明胃经引药为升麻、葛根、白芷、石膏，足太阴脾经引药为芍药、升麻、苍术、葛根，足少阴肾经引药为独活、肉桂、知母、细辛，足厥阴肝经引药为柴胡、吴茱萸、川芎、青皮，手太阳小肠经引药为羌活、藁本，手少阳三焦经引药为柴胡、连翘，手阳明大肠经引药为白芷、升麻、石膏，手太阴肺经引药为白芷、升麻、葱白、桔梗，手少阴心经引药为独活、黄连、白芷，手厥阴心包经引药为柴胡、牡丹皮。而三焦又分为上、中、下焦，上焦引药为地骨皮，中焦引药为青皮，下焦引药为附子。

“根据‘某药归某’的原理，进行组方，加以引经药，疗效如神就不是不可能的了！但是现在的人们很难去做到！”

“为什么这么说呢？”我接着问道。

老师回答道：“中医中药分离，很多中医根本不认药，就连我也是一样，很多中药我也都不认识，甚至你拿葛根和天花粉在我面前，我都不知道哪个是葛根哪个是天花粉。再者，中药性味归经这方面，很少有中医愿意下功夫去研究了，所以疗效也就不是那么好了。”

贰拾叁 三因

以往因为喧闹显得狭小的诊室，安静得让人有些不习惯，老天爷也不知道怎么突然心血来潮，下了一场异常大的雪。街道上满是清雪的铲车车队，行人在大雪中举步维艰，就连四轮汽车也不得不在大雪的“淫威”下深陷其中，不能自拔。

“趁着没人，就给你讲讲‘三因’吧！中医把致病因素分为‘内因’‘外因’‘不内外因’，这三因最早见于陈无择的《三因极一病证方论》。”

“外面下了这么大的雪，是否属于外因中六淫的寒邪？”我指着窗外的大雪问道。

老师点了点头，说道：“没错！这场雪就是寒邪的代表，除此之外还有风邪。六淫及疠气等就是外因的全部。”

“内因就是七情喜怒忧思悲恐惊吗？”我继续问道。

“喜怒忧思悲恐惊，并不是邪气，但它们一旦过极，便是内邪了。除了这些，素体虚弱，过食生冷、辛辣、油腻等，都可称为内因。”老师回答道。

“那么剩下的那些，比如金刃扑跌、虫蚁咬伤等都可以叫作不内外因吧？”

老师赞许地回答道：“正是！三因几乎将所有的致病因素都包括在其中，所以三因论一直到今天依然适用，想必以后也不会有人超越陈无择了。”

我望着这大雪心里暗暗说道：“天有不测风云，人有旦夕祸福。这百病不正是因此而来的吗？”

大雪过后，诊室再一次回归了以往的喧嚣，唯一不一样的是，多数患者都是外感风寒。

我对老师说道：“东属于温，北属于寒，东北这边的气候相对寒冷且干燥，东北的地势属于平原，但是我们这儿却又四周环山，北方本应该缺水，而我们这儿却有条松花江，东北人喜欢咸口、重口，喜欢炖菜，这就是三因制宜吧！”

老师回答道：“是，也不全是！除了总体的，还有个人的！不过已经很不错了！一个好的大夫，要上知天文、下知地理、中通人事，三者了然于胸。有些中医大夫治病本来不错，但是换了地方开方就不行了，这正是不了解三因制宜的结果。”

我自言自语道：“因天，因地，因人，看来要学的东西还有很多啊！”

贰拾肆 胃溃疡

这天，诊室里面来了一个捂着肚子的患者，她的神情显得十分痛苦，面色干黄，略显瘦弱，嘴唇整体发白，但隐隐有紫色，排队的时候样子很是焦急。

在排到她的时候我叫了她的名字，她急忙走了过来，从包里拿出一堆检查单，其中最多的就是胃镜检查单了，不到两年的时间，做了八次胃镜检查。

老师皱着眉头看着她的这些检查单，进行了询问，在病历本上写下：

患者主诉胃脘疼痛两年。

刺痛，饭前发作，嗳腐吞酸，食少纳呆，面色萎黄，形体消瘦，大便呈褐色。舌质红，伴有瘀斑，脉弦涩。

中医诊断：胃脘痛病。

证候：瘀阻胃络兼有脾气虚弱证。

西医诊断：萎缩性胃炎伴溃疡。

治疗：当归补血汤加减。

黄芪 60g，当归 10g，乳香 10g，没药 10g，元胡 10g，川芎 15g，山药 30g，石斛 10g，生地黄 20g，茜草 10g，紫草 10g，海螵蛸 30g，三七粉 5g，鹿角霜 5g，芍药 15g，甘草 5g。

水煎，自煎，煎成黏稠糊状，每日一次，饭前空腹服用。

中午我打开电脑看着老师开的方子，十分不理解。这个方子用了那么多活血药，万一患者胃出血甚至穿孔了怎么办？就在我刚要开口问的时候老师主动跟我说道："看你皱着眉头，我就知道你想问啥。是不是想问，为什么明明是胃溃疡却用了那么多活血药？"

果然还是老师懂我，我连忙点点头。

老师指着方子说道："你看没看到我的用法？那个患者要求院煎我都没同意！这个方子的重点在于这个药要熬成稠糊，不但作用力持久，而且黄芪、鹿角霜、三七都能够托毒生肌，尤其是大量使用黄芪。而活血药，起到的功效主要是针对肝经瘀血。你只看到了糜烂性胃炎和胃溃疡的检查结果，但是咱们中医是要辨证论治的！证候所对，用药不用考虑，什么活血不活血，什么理气不理气，只要证候对应上，你就给我用！你是个中医，还是那八个字，'整体观念，辨证论治'，证是唯一的！"

“记住了！”我点了点头。

一周后，患者自述疼痛减轻了，但是肚子有胀气，老师去掉石斛后加了青皮、莱菔子各10g。

患者服药三个月后，再次胃镜复查，检查结果显示溃疡面已经基本愈合，后令其服用康复新液与胃乐新进行巩固治疗。

贰拾伍 痤疮

痤疮虽然不要命，但是对于爱美的人来说，可能比要命更加严重，尤其是久治不愈且整个面部被痤疮覆盖的人，更加痛苦。

这天，诊室里来了一个戴着口罩和鸭舌帽的女孩子，大约二十岁，即使外面正值炎夏，温度很高，屋里的人几乎都已经大汗淋漓了，她也丝毫没有想要摘掉口罩和帽子的意思。

在老师面前，她摘掉了口罩，老师看着她的脸，她一句话也不说。

过了一分多钟，她才开口说道："能治吗？"

这三个字让我觉得她对痤疮似乎已经绝望了，在老师接手之前，应该有不少中医、西医甚至美容院都经过手了。

“能治！”老师回应道。

短短的两个字，这个女孩的眼神发生了细微的变化，开始讲述自己从得病到现在的遭遇，说着说着就开始哭了起来，她说她真的已经绝望了。

主诉：痤疮 10 余年，久治不愈。

患者自述小便短赤，大便秘结难下，喜欢酸辣食物，形体偏瘦，舌苔厚腻，舌色红，脉数而有力，略细。

中医诊断：疖病。

证候：胃火炽盛兼有血虚证。

西医诊断：痤疮。

治疗：五味消毒饮合四物汤加减。

金银花 15g，野菊花 5g，蒲公英 15g，紫花地丁 10g，天葵子 5g，川芎 15g，生地黄 15g，赤芍 10g，当归尾 10g，冬瓜皮 10g，冬瓜仁 15g，连翘 15g，黄芪 30g，珍珠粉 10g，琥珀粉 5g，鳖甲 30g。

水煎，院煎，日两次，早晚饭后服用。

她接过挂号单，脸上一副将信将疑的神情，刚要起身，又坐了下来问道：“大夫，真能治吗？”

“能！先吃一周看看！”

一周后，她来了，握着老师的手，仿佛抓到了救命稻草一般，兴高采烈地说道：“好多了！好多了！这里不是那么严重了！”

“原方不动，再开一周！”老师对我说道。

后续，患者现有的痤疮已经基本痊愈，不过，之前留下的瘢痕已经不可逆转，但患者表示已经很满意了。

老师对我说道："其实这个病最根本的原因就是火毒，但是治疗痤疮的时候，不单单要考虑到火，还要考虑到瘀，而她病程前前后后十多年，更要考虑到虚，火、瘀、虚犬牙交错，错综复杂，所以除了泻火化瘀还要补虚，一味地寒凉是不可取的，那样会伤及脾胃，脾胃不好，药物的吸收就不好。"

贰拾陆

当归补血汤(二)

糖尿病不可怕，真正可怕的是糖尿病并发症。这天诊室里面来了这样一个人，年龄大约五十岁，他的袖口隐隐散发出一股恶臭味，他挽起袖子时恶臭味扑鼻而来，已经被黄褐色组织液浸透的纱布下隐藏着一个说大不大说小不小的疮疡。从他口中我们得知，他身患 2 型糖尿病十多年，手背上发了痈，切开引流后溃烂了，久久不收口，看了不少家医院，已经将近三个月了，疮口不但不敛，反而有越来越大的趋势，在家里人的推荐下来老师这里看病。

老师皱了皱眉头，望了这个疮口好久，似乎也在做思想斗争，最终还是决定收下这个患者。

接着老师对我说道："黄芪50g，当归10g，鹿角霜10g，龟板胶10g，党参15g，枸杞子15g。内服，拿两周的药。再开一个生肌玉红膏。嗯，一个应该就够了！"

我看着这个处方，底方又是当归补血汤，用当归补血汤和补中益气汤在我们科基本上都是老生常谈了，这次不是"甘温除热"，难道是"甘温除疮"？

就在我不停思考的时候，老师对患者说："回家把疮口清理干净，这个膏药外敷在疮口上，外面盖上点卫生纸就行，千万别粘连到皮肤上，别用纱布。内服这个汤药，以后注意控制血糖。"

每次遇到特殊的病人，老师总会在下午人少的时候和我讨论。

老师对我说："当归补血汤也好，补中益气汤也好，君药都是黄芪。黄芪能够补气，更能托毒生肌。除此之外，我合了龟鹿二仙胶，这个方用血肉有情之品的鹿角胶本身也能托毒生肌，再者当归补血汤和龟鹿二仙胶都能补益气血，对于久治不愈的恶疮也能够起到收敛的作用。"

我接着说："那么也就是说，实际上通过补气血，对于外科这些久不收敛的疮疡都能有不错的疗效？同样地，四君子汤和四物汤，或者八珍汤这类补气补血或气血双补的方子都行对不对？"

老师回答道："其实这里起效的主要还是黄芪！用这些方子都要将黄芪的剂量有所提升，至少也要用到30g，否则效果就不是很理想。在中医外科，事实上汤剂都是辅助手段，真正起效的还是生肌红玉膏，千万不要小看中医外科医生。"

“是啊，中医外科主任，长得人高马大的，的确是不能小看！”

“你就皮吧！”

两周后，患者反馈疮口隐隐发痒，老师原方不动又抓了两周的药，并嘱咐其不要抓挠。差不多两个月后，疮口收敛结痂，基本痊愈。

贰拾柒 狐惑病

口腔溃疡，中医名曰口疮。这是一种很常见的发生于口腔黏膜的溃疡性损伤。局部灼痛似火烧一般，严重者会影响饮食、正常说话等。

“大夫，这是我儿子，他现在说不了话了，您看看，现在满嘴都是！全都坏了！”老人一边说着一边轻轻拨开坐在老师面前的这个中年男子的嘴唇。

我搭眼一瞧，嘴里面的情况很不乐观，牙龈上下、舌头都不同程度地出现了溃烂。

主诉：口疮不能言，三月有余。

患者父亲转述，口臭便秘，灼痛难忍，心悸不寐，口内疮疡分布较广，溃疡点周围呈鲜红色，口渴引饮，尿黄溲，舌质红，舌苔黄厚，脉数而有力。

中医诊断：口疮。

证候：心火亢盛兼有脾胃积热证。

西医诊断：多发性口腔溃疡。

治疗：甘草泻心汤合导赤散加减。

生甘草 15g，黄芩 10g，法半夏 15g，黄连 5g，干姜 10g，党参 15g，生地黄 30g，木通 10g，淡竹叶 20g，石膏 30g，黄芪 30g，当归 5g，葛根 3g，升麻 3g。

水煎服，日两袋，早晚饭后不拘时服用。

老师给我讲道："这个病，可以看作《金匮要略》中的狐惑病，狐惑病当以甘草泻心汤主之，兼有心火，合导赤散。再加上当归补血汤，能够托毒生肌、补益气血，石膏亦能收敛疮疡、清热泻火，再用葛根、升麻引药入经。这个患者没有做白塞病的确诊，我也只是试探性地运用对症治疗，而不是对病治疗。"

老师说完我有些不解地问："中医的核心不是辨证论治吗？为什么要对病？白塞病是西医疾病，我们中医还有必要参考？"

老师回答道："当然！了解病因对于疾病的治疗会有更加积极的效果！不要排斥西医，只要大的思想不变，依然保持中医思想，运用中医思维，不管你用什么药，那都是中医。如果你咳嗽上一堆止咳药，泄泻上一堆止泻药，那你又和西医有什么区别呢？治病要求本！"

贰拾捌 小儿久咳

一般来说，老师是不愿意看儿科的，首先自己不是儿科专科大夫，其次儿科真的太麻烦，儿童的配合性很差，且问诊全无。一般来说这样的患者直接就推到医院的儿科了，但是这次老师似乎对这个小男孩动了恻隐之心。

经过简单的询问，从家长口中得知，患儿三岁有余，一年前在当地儿童专科医院住院治疗，两周后出院，一周后再次复发，至此开始反复咳嗽，曾尝试中医药治疗无果，家属自行给其喂服“罗红霉素”两天依然无果，经人多方打听专门找老师就医。

老师问我：“你不是常说你是家传儿科吗？你先来辨证

看看！”

得到老师的允许，我走到患儿身边蹲下，轻轻抬起患儿的右手，从命关快速地向前推了三下，脉沉而色淡又呈红色，且已经到了气关，又搭脉，脉每息不足五为迟脉，患儿的咳嗽声隐隐有痰鸣音，我便大致得到了结论。

“这孩子，本身气血虚弱，又服用了不少的抗生素，寒痰夹杂，气血不足。”

老师没有当即说对错，在进行了查体后让我开了血常规。

患者走后，老师说：“你说得很对，但是例行检查还是需要的。你想用什么方？”

我自信地说：“六君子加乌药、小茴香，培土生金，佐以白前、胆南星。”

“还不够！”老师摇了摇头说道，“大体思路上对。但是有一个问题，久咳多有滞，夜咳多有瘀，你只考虑到了滞，但是没有考虑到瘀，当佐以活血药和补血药，所以要再合四物汤。”

“嗯，我知道了！”

主诉：患儿久咳，一年有余。

咳嗽，痰多，难以咳出，鼻塞流清涕，面色白，肌消瘦，略喘，有哮鸣音，大便两日一次，便质略干。

中医诊断：久咳。

中医证候：肺脾气虚，痰瘀互结。

西医诊断：咳嗽变异性哮喘（疑似）。

治疗：八珍汤加减。

党参 10g，白术 10g，茯苓 10g，甘草 3g，陈皮 15g，半

夏 6g，川芎 6g，熟地黄 10g，白芍 5g，当归 10g，乌药 10g，小茴香 10g，紫苏子 10g，白前 6g，胆南星 3g。

水煎服，日一袋，不拘时服用。

经过两周治疗后，患儿基本痊愈，后改服补中益气颗粒巩固治疗。

老师对我说：“久咳必虚，久咳必瘀，久咳必滞。”

贰拾玖

慢性胰腺炎

“哎呦！哎呦！哎呦……”诊室里一个看起来六十岁左右的男人在反复地呻吟着。

老师无奈便先叫了他来看病，他自述患有慢性胰腺炎，并拿出一些被他弄得乱七八糟的诊断检查单。

“这儿疼吗？”老师轻轻触诊询问道。

“疼，就是这里！哎呦，对对对！疼死我了！大夫你可得救救我！”他痛苦地说道。

主诉：上腹部疼痛一年有余。

患者暴饮暴食后，情绪激动引起急性胰腺炎后转为慢性胰腺炎急性发作，经抗菌、抗分泌感染治疗后无效，形体消瘦，面色萎黄，上腹部压痛，舌红苔黄腻，脉弦细。

中医诊断：腹痛。

证候：肝火横犯脾胃。

西医诊断：慢性胰腺炎急性发作（疑似）。

治疗：清热地黄汤合四物汤加减。

水牛角 30g，生地黄 30g，赤芍 15g，牡丹皮 15g，醋柴胡 10g，枳壳 15g，川芎 10g，白芍 30g，黄芪 60g，当归 15g，刺猬皮 10g，青黛 5g，琥珀 5g，泽泻 10g，甘草 10g。

老师对我说道：“白芍是治疗腹痛的要药。在清热凉血的同时兼补益气血，也是因为久病必虚，但是患者患病的根本在于情志，所以还要从疏肝理气上入手，兼利水和安神，有补有泻，有行有收，有清有化。治疗这个病的根本在于清热凉血，行气止痛。”

一周后，患者口述疼痛减轻，遂去刺猬皮、赤芍，加入酒大黄 10g、鸡骨草 30g。

一周后，患者电话反馈已经痊愈，老师嘱咐其服用加味逍遥丸巩固治疗。

叁拾 荣誉

说到荣誉，老师是省里有名的中医，也是本市最有名的中医之一，因此每天来自五湖四海、各行各业、形形色色的人往来于此，春夏秋冬从不间断。

我曾经问老师："为什么有些医生的屋子里面挂满了锦旗，您治好了那么多人，却连一面锦旗都没有看到？"

老师没有说话，默默地打开了诊室的柜子，我惊呆了，整个柜子中几乎装满了大大小小的锦旗，我大致数了数，没有上百至少也得几十面了，除了锦旗外还有厚厚一摞子证书。

老师苦笑着对我说："这些都是硬塞给我的，实在是占地方，我又不想挂。你说要这些东西有什么用啊！作为一个医生，治病救人是我们的本职工作，既然是本职工作，又谈什么荣誉呢？”

我见过很多医生，有中医，有西医，其中很多人都把同行当作冤家对头。在跟老师之前，我也询问过不少算是熟悉的大夫，想通过他们得到一些关于老师的讯息，但是得到的不少是对老师的质疑和否认，更有甚者直接便开始诋毁，劝我另寻良师。

我确实动摇了，因为在中医圈中我也有一种“真正高手在民间”的感觉，医院里面会有良师、明师吗？而且省级名中医，总给人一种高高在上的感觉。

然而我错了，在真正接触后发现，老师根本没有一点省级名中医的架子，是一位非常和蔼慈祥的人，对任何人都十分亲切。再后来，我成了老师的徒弟。迄今为止，我从来没见老师跟任何人生过气，甚至没有说过任何一个同行的坏话。

我终于明白什么叫作“耳听为虚，眼见为实”了，他们口中的老师，根本就不是老师，或者说他们可能根本就没有见过老师！

老师对我说：“当你有了一点点成绩之后，三教九流、各行各业的人就会来找你做各种事情，切记要坚持自己的原则，保持自己的本心，这样才不会犯错！”

老师的话深深地震撼了我，在老师之前我也见过不少医生，从来没有一个人说过老师这样的话。我心里暗暗地说道：“如果这样的人不是名医，我想那就没有谁能够称为名医了。”

三国时期魏国文学家李康《运命论》：“木秀于林，风必摧之；堆出于岸，流必湍之；行高于人，众必非之。”

叁拾壹 治病求本

“对于治病求本你是怎么理解的？” 老师心血来潮向我问道。

“治病求本？” 我在脑海中不断地搜索、寻找着关于治病求本的所有讯息，接着说道：“找到疾病的根本，从根本入手进行治疗，遵循寒者热之、热者寒之、虚者补之、实者泻之、不虚不实以经调之的根本治疗大法，这便是治病求本了吧！”

老师没有再说话，我原本以为这件事情已经告一段落，然而并没有！

下午接近下班的时候，老师问道：“还记得有一个得汗疹的患者吗？”

“记得。身上有一股异味，给人印象很深！”我点了点头回答道。

那个患者，三十来岁，体形略肥硕但还达不到胖的程度，面相略痛苦，从进到诊室开始就浑身上下不断地挠、蹭、抓。

“那你说说，如果说治病求本，这个患者应该从哪方面进行考虑？”老师继续问道。

我不假思索地回答：“肯定要从湿热上下手了！从老师您的方子里面就已经看出来了，您用的是加味四妙丸，除了湿热还有其他的吗？”

“哎，这不是治病求本！”老师摇了摇头，长叹了一口气说道。

“那么该从哪方面入手，叫作治病求本呢？”我不禁继续问道。

老师回答道：“你不觉得他应该洗洗澡了吗？什么样的人得这种病？不爱干净的人！你为什么不得这种病？楼上有几个大夫比他还要胖，为什么不得这个病？你要看到疾病的根本啊！”

我茅塞顿开，点了点头，接着说道：“原来这根本就是，干净人不得这种病，不讲卫生的人才得这种病。但是您为什么不直接告诉他勤洗漱呢？”

老师微笑着回答道：“如果他认真看了我的病历本，他就会发现，这种事还是尽量给人留面子才是！”

叁拾贰

中药十七忌

读过《本草问答》后，对于唐容川提出的十七忌十分不解，找了大量的医书，也没有找到记载中药十七忌的地方，于是无奈地向老师请教道："老师，我知道十八反十九畏，但是在读唐容川的《本草问答》的时候，发现有中药十七忌，这十七忌是什么呢？"

对于我的问题，老师有些欣然地回答道："所谓中药十七忌，也是中医先贤在实践过程中总结出来的在服药期间能够影响药效的十七种忌讳。"

我继续问下去："那么这十七种忌讳究竟是什么呢？"

老师接着回答道："服药期间忌食生冷、油腻、辛辣、腥膻；忌桃子和李子，忌茶；用有人参、地黄、何首乌的药物忌萝卜；有常山、蜂蜜的药物忌葱白；有茯苓的药物忌醋；有半夏的药物忌生姜；还有生了阴疽的人不论服药与否都要忌鱼肉、蟹肉、鹅肉。这便是服用中药的十七忌！事实上，除了十七忌以外，中药之间相杀的药物非常多，想要一一掌握并不是一件容易的事情，就连我除了从我师父那里得来的中药十七忌以外，对于其他中药的禁忌掌握得也是非常不够的！但这十七忌是相对而言较为常见的，所以还是能解决很多问题的。”

为了方便记忆，我为自己编了中药十七忌歌诀：

生冷辛辣与油腻，腥膻此皆为禁忌。
人参地黄何首乌，一见萝卜全无力。
常山催吐蜂蜜润，偶遇葱白便生气。
茯苓莫用酸陈醋，桃杏伤药须切记。
茶治大病解毒品，饮后药效全消弭。
阴疽勿食鱼蟹鹅，姜杀半夏勿怀疑。
此须医者心牢记，不明反误病人疾。

叁拾叁

十八反十九畏

在询问过十七忌之后，我又向老师问道：“除了十七忌之外，中药还有十八反十九畏作为临床配伍禁忌进行指导。临床中，医者是否应该忌讳十八反十九畏，并且尽量不要在方剂中出现呢？”

老师回答道：“中药有七情，单、使、杀、须、恶、反、畏，而十八反十九畏事实上都是相反的意思，刘纯为了与十八反鉴别故而用畏字作为反，实则就是反！十八反十九畏在原则上是应该避免的，因为存在较大的风险性！”

“不过在临床中很多方剂并不忌讳十八反十九畏，如海藻玉壶汤、附子粳米汤、人参五脂汤等，这又是为什么呢？”

“药性相反，就像是水火不容一般，你不可能将水火融为一体，所以便不能将二者同用。但是像海藻玉壶汤，这是取其毒性，以毒攻毒，以偏纠偏。而后人对于相反为用、毒因毒用的认识还是不够的，所以能避免还是要尽量避免。而现在，一般情况下来说,《中华人民共和国药典》的临床指导也是不允许相反存在的。”

“那附子粳米汤和人参五脂汤，也是以偏纠偏、以毒攻毒吗？”

“首先要看附子的种类，附子的炮制品有很多，比如盐附子、黑顺片、白附子、淡附子、炮附片等。其中黑顺片和白附子的毒性最大，所以配伍的时候尽量要注意。半夏也有多种炮制方法，比如生半夏、清半夏、法半夏、姜半夏、竹沥半夏、半夏曲等。事实上附子、半夏在炮制的过程中，毒副作用早已经被减轻了，只要不是黑顺片、白附子与生半夏相配，一般来说不会产生毒副作用，虽然半夏与乌头相反，附子本身也是乌头的炮制品，但就我个人的观点来说，我支持半夏和附子不相反。”

“那人参和五灵脂呢？”

“我行医多年，也曾经尝试过多次人参配伍五灵脂，并没有产生任何毒副作用，也查过不少相关文献，所得出的结论都是一致的，不会产生毒副作用，所以我个人支持人参配五灵脂是不相反的，这个应该是误传。”

“去其糟粕，取其精华”是每一个中医人应该具备的理念，中医药这个巨大的宝库中，存在着无数的瑰宝，也存在着无数的粪土。

叁拾肆

九味羌活汤

这天气温骤降，被冷空气袭击后的江城异常寒冷，我独自走在前往回家的公交车站的路上，小心翼翼地穿越人行横道，来到站桩前，静静地等待着 46 路车的到来。

经过漫长的等待，公交车迟迟未到，而早上天气预报预测的大雨却提前到来，有些提前没有准备的人，已经打起了寒噤。我望着天空，想起了今天因为穿着肥厚被人嘲笑的事情，嘴角微微上扬。

次日，女友打来电话告诉我，她感冒发烧了，头痛得异常厉害。因为正值周末，我简单地询问了症状，脑海中一个方子涌现了出来——“九味羌活汤”。

九味羌活用防风，细辛苍芷与川芎，

黄芩生地同甘草，分经论治宜变通。

“口渴吗？我买了你爱喝的果汁和你爱吃的零食。”我拎着手提袋微笑着说道。

她疲惫地看着我，身体晃晃悠悠的，好像随时都要倒地一般，对我说道：“我的头要炸了！我什么都不想喝，什么也不想吃。”

简单地查体后，我发现她的舌苔微黄略薄，脉浮而有力，头痛主要分布在面颊及眉棱骨，是典型的阳明头痛，周身无汗，体温在 37.7~37.8℃，不超过 38℃。

以上更加证明了我的猜测是对的，使用九味羌活汤应该能够中病。

我嘱咐她在家等我，她摆了摆手，似乎非常不耐烦，每次我谈起中医的时候，她总是如此。

在药店抓了药，方子如下：

羌活 9g，防风 9g，苍术 9g，白芷 15g，川芎 15g，黄芩 12g，生地黄 15g，甘草 6g，细辛 3g。

又赶到粥铺买了小米粥，一切就绪回到女友家里，也顾不得泡药，便开始煎药。

“你又给我弄这些苦汤药，我不想喝！”她在里屋忽然大喊道。

我没有理会她，心里暗暗说道：“你忘了你痛经满地打滚的时候了吗？没有这些苦药，你能好？”

“我不想喝！”她无力地推开装着汤药的瓷碗说道。

“快喝，听话，喝了睡一觉，吃点东西就好了！”我把瓷碗往她嘴边一送，最终她还是无奈地喝了下去。我又拿来刚刚热好的小米粥，放了一勺白糖说：“甜的！”

她看着我，喝了小半碗后却怎么也不肯喝了。我将粥放到一边，给她盖好了被子，对她说道：“捂捂汗，睡一觉就好了！”

“你别烦人！我讨厌你！总给我喝苦汤药！你出去！”她一边喊着一边将我送她的大熊扔了过来，不过被我接到了。

我关上了房门，坐在客厅里孤单地摆弄着手机，也不知道过了多久，女友的房门开了，她样子十分狼狈，直接坐在我身边，拿起我买的果汁“咕咚咕咚”喝了起来，竟然一口气将一瓶全部灌到了肚子里面。

我又给她测了体温，已经只有 37.1℃了，而且她的头也不疼了，休息休息明天差不多便会痊愈。

九味羌活汤的分经论治，体现在所选药中六经主药皆备的思想，但很多人往往忽略了方歌最后的“宜变通”的特点。女友说自己前额及眉棱骨为疼痛的主要区域，我加大了白芷的用量，此时阳明经的主药及引经药白芷便成为本方的君药。其实本方的六经主药皆可成为君药，临证见病如哪经，便重用哪经的主药，这样方剂效力才会更强。

张元素在遣方用药的时候，重点在于药，而不在于方，以药立方是易水派的特点，这便是易水派的变通。

叁拾伍 交泰丸

爷爷在别人眼中是个乐于助人的“老好人”，经常给我“揽活”，其实我并不喜欢随意给人开方诊治，因为我深知“医不叩门，道不轻传”的道理，医尚如此，更何况我只是一个小小的学徒？

爷爷的同事姓李，据他自己叙述他已经很长时间不能正常入睡了，且入睡后经常被噩梦惊醒，上半身就像是处于火炉炼狱中，下半身则酸冷胀痛，常年患有口腔溃疡，常常是这边好了那边又坏，小便清长无力，大便不爽。搭脉，其脉象沉、细、数。一切的症状都指向“心肾不交”！

所谓“心肾不交”便是水火不能相济也。正常人，肾水得命门火上输于心，不但能够滋养心阴且同时抑制心火，制约其炎上之特性；而心火的温煦亦能随肾水下注于肾，反补肾之阴阳，兼能抑制其寒下的特性。

患者常年患口疮以及下肢寒冷，正是心火炎上、肾水寒下，这是典型的心肾不交导致的不寐。

我对李老伯说道："这并不是什么严重的病，这里是药方，你照方抓药，打成散剂，每天早晚各一勺就可以了。另外，睡前配合服用成药磁朱丸。"

李老伯拿着我写的纸条，上面只有五个字，他似乎有些将信将疑，不过已经求医多次无果的他还是把我的方子当成"死马当作活马医"的无奈之举，因为方子上只有两味药：黄连和肉桂。

再一次听到李老伯的消息已经是一周之后了，他通过我爷爷向我反馈效果非常不错，每天已经能睡上四五个小时了。又过了一周，见到李老伯，因为磁朱丸里含有朱砂不能久服的原因，我让其停用磁朱丸，另外将交泰丸服用次数在每天中午增加了一次，改用盐水送服。过了将近一个月，李老伯告诉我他上身下身基本没有寒热的表现了，而且每天能够睡上七个小时左右，基本上痊愈了。

交泰丸原本比例为6:1，因患者肾阳不足，故肉桂增加一倍，肾主封藏，诸药皆可伤肾，故补肾阳以助阳为主。肉桂补火助阳，温煦下焦，使肾水上达于心为君；黄连泻中焦火，犹善泻心火，抑制其炎上，以盐水调服引经入肾。磁朱丸为治疗心肾不交不寐证的专方，故夜晚服，助眠以养心神。因朱砂、磁石、神曲不宜入散剂汤调，故令患者购成药夜晚服用。待其可以自行睡眠，停服磁朱丸，减交泰丸为正常量。

叁拾陆 风水相搏

越婢汤出自《金匮要略·水气病脉证并治第十四》，其功效在于利水发汗，并用开鬼门、洁净府二法。老师主要用来治疗急性肾炎、肾盂肾炎早期、慢性肾炎急性发作，以及各种不明原因的水肿病。

这天，几个心急火燎的人打破了诊室原本的安宁，其中一个三十岁左右的男性背着一个大约十岁的男孩，急忙冲了进来。

老师一眼就认出这是曾经诊治过的老患者，因为这个患者的病十分特殊，不明原因地咳嗽，咳嗽后便发生晕厥，不过目前已经完全好了。

“这是怎么了？”看到他们急匆匆的样子老师问道。

男人大口大口喘着气说道：“主、主任，我儿子也不知道怎么了，低烧不退还尿血了，身上都肿了，您给看看吧！”

“我这也不是急诊啊！还是送中心医院吧！”老师摇了摇头说道。

我知道老师也有为难的地方，因为我们这里毕竟是二甲医院，检查设备不足，且以中医治法为主，恐怕会耽误病情。

男人的眼神十分坚定，他毅然决然地说道：“我不信西医，我之前的病在他们那儿看遍了也没用，到您这喝了几剂汤药就好了，您别往外推了，除了您，我不信别的大夫！”

老师有些无奈地看着这个男人说道：“收入住院吧！不过你们可想好了，我这儿可是二甲医院！一旦出现其他症状，立马转院！”

入院经过住院医师简单查体：T 37.8℃，P 102 次 / 分，R 23 次 / 分，W 28kg，BP 135/90mmHg。双肾区叩痛，周身水肿明显。

辅助检查：尿常规检查，红细胞、白细胞均增多，尿蛋白（++），可见多种管型。血常规，白细胞升高。抗“O”略微升高。

住院医师初步诊断为急性肾小球肾炎。

下午，男人拿着病志来到楼下，其实老师早已经开好了方子，正是越婢汤加减方。

在越婢汤的基础上，增加了大黄、厚朴、枳实，即小承气汤；又加上羌活，名为三化汤。

老师对我说道：“治疗水肿，主要是开鬼门，洁净府，去菀陈莝。在越婢汤的基础上加上三化汤，解表而攻下。”

除了汤药之外，还联合使用抗生素抗感染以及本科特色的“埋线”疗法，患者两周后基本痊愈，至今没有复发。

叁拾柒

血虚风燥

“不论怎么洗澡，皮肤总是一刮一层皮，大夫您看！看了好多家医院了，没什么效果，有的说是鱼鳞病，有的说是银屑病，也没确诊，都说您看得好，我是慕名而来的。”他露出胳膊用指甲盖轻轻一刮，干燥的皮屑像雪花一般散落在地上，让人看得头皮发麻。

老师摇了摇头说道：“这应该是干燥性瘙痒症，不是鱼鳞病也不是银屑病，在中医来说就是血虚风燥。”

主诉：皮肤瘙痒剥脱，三月有余。

患者皮肤干燥，较为粗糙，手臂及小腿鳞屑呈鱼鳞样，容易剥脱，面色萎黄，精神不振，小便正常，大便不爽，舌淡苔薄白，脉浮而无力。

中医诊断：风瘙痒。

证候：血虚风燥。

西医诊断：干燥性瘙痒症。

治疗：荆防四物汤加减。

荆芥穗 15g，防风 15g，川芎 15g，白芍 30g，生地黄 20g，当归 15g，侧柏叶 15g，秦艽 10g，天冬 15g，甘草 5g。

水煎服，日两袋，分早晚服用。

患者服用一周后，瘙痒略减，将秦艽增至 15g，天冬增至 20g，另加入玉竹、麦冬各 15g。

一周后，患者反馈良好，除小腿外，皮肤剥脱已经得到明显改善。在上方基础上又加入 30g 黄芪，后基本痊愈。

老师说道："血虚而不荣则枯，而气横行于脉外，故生风，风客于肌腠，是谓血虚风燥。治疗血虚风燥类疾病，首在补血，其次祛风。临床以荆防四物汤作为底方，荆芥、防风祛风，四物汤补血，收效甚佳。"

叁拾捌

喉科七味汤

喉科六味汤：荆芥穗三钱、薄荷三钱（要二刀香者妙）、炒僵蚕二钱、桔梗二钱、生粉草二钱、防风二钱。上药俱为末，煎数滚去渣，温好，连连漱下，不可大口一气吃完。如煎不得法，服不得法，则难见效。须根据如此为度。倘要紧之时，煎及白滚水，泡之亦可。

临床上，老师常用来治疗喉源性咳嗽，以及不明原因引起的失音等。经过老师长期的临床观察发现，在喉科六味汤的基础上增加一味蝉蜕，疗效更加显著，从而自拟喉科七味汤。

老师曾治疗过这样一个患者，这个患者六十三岁，是老伴陪同而来的，他的嗓子几乎说不出一句话。据老伴叙述，查过喉镜，除声带略有水肿外几乎没有任何问题。老师辨证为肺阴虚所导致的喉源性失音，便以此方为基础加百合固金汤，令人意想不到的是，仅仅一周患者便痊愈了。

另外一个男孩，十二岁，突然不明原因嗓子沙哑，喉镜检查没有任何异常，其鼻干燥，心烦口渴，舌干少津，脉虚数，老师认为是温燥伤肺，气阴两虚，便在此方的基础上合清燥救肺汤，连续两周，痊愈。

还有一个妇女，不明原因咳嗽，胸片、血常规均无异常，其面色㿠白，神疲乏力，伴有心悸气短，老师认为其是心脾气血两虚，以此方合归脾汤，一周咳嗽便明显减轻，后经治疗一月痊愈。

老师说："这个方子是在喉科六味汤的基础上加了一味蝉蜕得来的，蝉蜕利咽开音，疗效更佳，对于各类不明原因的咳嗽、失音、沙哑均有良效。遇到不明原因的喉源性疾病，临床以此为底方，确定证候，辨证论治，便能获得非常显著的疗效。这个方子最主要的就是用法，类似漱口的方式缓缓而下，只有用这种喝法才能显示这个方子的奇效。"

叁拾玖 失误有感

今天有一个患者反馈疗效很好，胸闷气短的诸多症状已经全部没有了，身体不但十分轻松，且劲头十足，所以过来进行巩固治疗。

这样的好消息是每一个医者都十分乐意听到的，而且对于其他等待的患者也能起到一种积极的鼓励作用，让他们对于疾病治愈更加有信心。

但是接下来患者说的话让人十分奇怪，她说上次开了半个月的药只拿到了 15 袋，按理来说煎药机熬出液体的量正常应该是 28 袋到 30 袋。

我急忙调出处方，终于发现了端倪，十剂药应该是开十剂的煎药费，然而由于那天接诊上百人，匆忙之中慌乱的我用原有组套只开了五剂的煎药费。正常情况下药房审核的时候应该会向上反馈，但由于处方是我老师签的名，他们可能认为是我老师有意为之，就照方进行煎药了，于是便有了十剂药液只出十五袋药液的失误。

尽管如此，老师为了维护我，也是避免给我造成不必要的麻烦，说："上次的药是浓缩袋，一天吃一袋的，你可能没听清楚！"

就这样把事情圆了过去，但是我的心里却久久不能平静，尽管患者的反馈良好，疾病也得到了非常好的治疗，但让老师为此替我说谎，我有一种难以言语的罪恶感。

下午，老师对我说道："我曾经听说在广安门也出现过类似问题，擅长'金针拔障术'的眼科大师韦文贵曾开一方，其中大黄五钱被抄方者笔误写成五两，尽管药房的司药一再确认，但是最终因为韦老的名声而开出了五两大黄。收效也异常良好，原本应该 15 天治愈的角膜溃疡 3 天便痊愈。一来因为农民身体强健，二来也是因为农民珍惜药物，不舍得扔而久煎多服，才能幸免于难。以后多长一个心眼吧！你要庆幸，这个患者的方子是一个补益剂，如果是攻伐剂，很可能会出事情的。"

回到家里，我辗转反侧，心中郁闷难忍，起身写下一首《医者》勉励告诫自己，今后不要出现这样的失误。

诗如下：

拳掌三指司命监，额首悬剑生杀权。

怎能乱投草菅人，心中善意勿断念。
常怀慈悲悬壶志，敢与顽病阵前敛。
银针捻握汤散剂，精诚德行医者源。

肆拾 易水宗师张元素

提到张元素或许很多人不认识，甚至有人从事中医很多年也不知道中医有张元素这个人。但是提到他的徒弟李东垣，赫赫有名的“金元四大家”之一，补土派的创始人，中医人无人不知无人不晓。他的经典方剂，如补中益气汤、李氏清暑益气汤，以及被中医人推崇公认补血最快的方剂当归补血汤，至今被人津津乐道。可是人们却忘了能教出这样一个徒弟的，甚至影响“金元四大家”，以至于被明代诸多温补医家奉为共同祖师爷的张元素。

就是这样一个名不见经传的人，竟然是一个学派的创始人。中医拥有完整理论体系的五大著名代表学派分别为伤寒学派、河间学派、易水学派、温病学派、汇通学派，其中易水学派便是张元素所创立。要知道诸多中医派系多数为流派，比如伤寒学派善用经方（这里的经方即狭义经方，指仲景之方）治病的被称为伤寒学派经方流派。

张元素此人何德何能，他究竟有何著作遗留下来，能称之为一个学派呢？很可惜张元素平生著作虽然颇多，但是因为金元时期动荡战乱不休，仅有《医学启源》与《珍珠囊》以及《脏腑标本寒热虚实用药式》遗留了下来。但不要小看这几本薄薄的小册子，所谓真传一张纸，假传万卷书，这两本书和一篇文章开创了中医的两个先河，而这两个先河被中医沿用至今，一个是拥有完整体系的脏腑辨证，一个是药物的归经。

所谓完整体系的脏腑辨证就是从阴阳、虚实、寒热、标本、表里五个方面进行辨证，不但让医生辨证更加简便，更让辨证更加准确，且沿用至今，成为现代中医辨证的主流辨证方法，即八纲辨证的雏形，促使重方不重药的六经辨证退出中医主流辨证的舞台，并为时方派的成立打下了重要的基础。

所谓药物的归经，没有张元素可能就不会有归经一说，没有归经，用中药治疗疾病效果便会差一大截。正是因为张元素对药物归经的研究和总结，让中医对中药治疗疾病的功效有了卓越的认识，将中医药的使用提升到一个新的境界，使中医人不必抱着古方如同小孩喜爱竹马一样恋恋不舍，更不必将古方视为神圣不可更改的权威，让组方变得更容易，从此中药学才真正成为一门独立的学科，挺立于中医这个巨人的肩膀上。

综上，这两大法宝让易水学派在诸多学派中屹立不倒，后续在李杲、王好古、罗天益以及明代诸多温补学派等补充下形成了自家的医学体系。这样一个培养出了一大批对中医有巨大贡献的医学家的人，无论是在学术上还是在教育上，都可谓是功勋卓著了吧，然而这样的人却被中医历史遗忘了。

难道仅仅因为他著作少，知名度不如其徒弟，就再也不提不表了吗？我们享受着八纲辨证、脏腑辨证，以及药物性味归经、升降沉浮方便的同时，又有谁会去记得总结这些理论的人是如此低调的张元素呢？

中医的历史不该忘了他，中医应该为这样一个学术贡献不逊于仲景祖师的宗师级人物正名。也许正是因为我们走进了一个小胡同，我们总记得某个方剂多么有效，某个人医术多么高，却不去想这些方剂、这些人不论再怎么厉害，没有一套完整的医学理论支持又有什么用呢？或许中医呈现弱势的原因之一便在于此吧！

提到他，我总能想到李白《侠客行》中被人津津乐道的句子：事了拂衣去，深藏身与名。

肆拾壹 血虚与贫血

我问道："中医的血虚，常常被拿来和西医的贫血做比较，那么血虚与贫血究竟是一回事吗？"

老师回答说："首先，从字面上分析，血虚的意思是血液亏虚，贫血的意思是血液贫瘠，从字面上来说大致上是相同的。

"贫血症是身体无法制造足够的血红蛋白造成的。一般会出现乏力、抑郁、疲劳、头晕目眩、晕厥、冷漠、易怒不安、注意力下降、不耐寒冷等。其主要原因是饮食中缺乏铁、过分节食、失血过多、嗜酒等。其实验室检查结果主要表现为红细胞中血红蛋白低于正常值。

“血虚是指血液亏虚，脏腑、经络、形体失养，以面色淡白或萎黄，唇舌爪甲色淡，头晕眼花，心悸多梦，手足发麻，妇女月经量少、色淡、后期或经闭，脉细等为常见证候。

“由此看来，贫血和血虚是有一部分重合的，但中医血虚更偏于身体上的变化，而且病程相对较长而轻，而西医贫血病程一般较短且相较于血虚证更加严重一些。”

我继续问道：“那么不同的方面在哪里？”

老师回答道：“在中医方面，中医似乎将营养不良等，还有一部分心血管系统疾病、肝病、脾病等也加入了血虚的范畴。而在这个范畴中又将其细分为心血虚、肝血虚、脾不统血证等。

“这主要是中西医在对血液生成的认知方面是不一样的。中医主要认为，水谷精微经过胃、小肠吸收，通过脾的运化功能上输于心，由心炼液为赤，从而生成血液，也就有了脾为气血生化之源的说法。在治疗血虚的时候，中医以补益脾气为主，比较典型的便是当归补血汤。当归是补血药，但是李东垣却用了五倍于血之圣药当归的黄芪，这按理来说是典型的错治，但在实际治疗当中，这个方子也是相当好用！也正是因此，脾为气血生化之源的说法更加站得住脚了。以大量黄芪补益脾气，促使血液生成，而且短时间内有奇效。这也是中医为数不多的经典方剂。血虚属于中医证候的标准。

“而西医则认为，血细胞是源自于红骨髓的，因为红骨髓能生成血细胞。红骨髓存在于长骨及扁平骨当中，随着年龄的增长慢慢会被黄骨髓所代替，最后一般只剩髂骨中还有。所以过去做骨髓移植的时候都要从髂骨钻眼，而髂骨也恰恰是最方便取红骨髓的地方。西医的贫血，一般以红细胞的血红蛋白指数下降为标准，更类似于症的标准。”

“那中医的症和西医的症又有什么区别呢？”

“明天再说吧！”

肆拾贰 病，证，症

昨天因为时间的原因，老师并没有讲完所有的东西，带着“病、证、症”的疑惑，一直到了下午没人的时候。我对老师说道：“昨天讲的中医的症和西医的症，到底有什么区别？”

老师回答道：“其实我想说的并不是单纯的症，而是中医的病、证、症。”

我说道：“我知道咱们中医以证为核心，治病也是本着整体观念、辨证论治的思维去治病，而西医并没有证的概念。”

老师说道：“是的，西医没有证的概念，所以对于疾病来说，西医的认识便是很直观的，以实验室检查结果为中心，结合患者的临床表现，把这些临床表现大致相同的列为一种疾病，治疗方法也大致相同，而中医则不然。”

我说：“一种病的治法也不尽相同，热者寒之，寒者热之，虚则补之，实则泻之，不虚不实以经调之。”

老师说道：“对，大致上便是如此。证是某种疾病在一段时间内的病理概括，在这段时间内，证候可能是热证，也可能是寒证，可能是虚证，也可能是实证，也可能是寒热虚实夹杂，这都需要通过望、闻、问、切去观察。观察证的三大基本核心思想就是司外揣内、见微知著、以常达变。”

我问道：“那什么是司外揣内、见微知著、以常达变呢？”

老师回答道：“先说说司外揣内，看到人体皮毛肌腠等外在的表象，去思考脏腑、经络等人体深处的病变。比如说到咳嗽，我马上想到的就是肺；再比如说到肚子疼，我马上想到的是胃和肠道等。再说见微知著，见到细微的改变而知道已经发生的变化，虽然说和司外揣内差不多，但是其实还是差很多的，见微知著既可以从微末而知道更深层次的，也可以预测即将发生的病变。比如从感冒初起的不适症状，预测即将发生的症状如发热、咳嗽、鼻塞、流涕等。而以常达变，便是用正常人的标准去衡量病人，找出病人与常人的不同而去纠正气血阴阳的改变。当然，我说的只是我自己理解的，并不一定是对的。”

我继续问道：“那么不管什么病只要通过司外揣内、见微知著、以常达变得到证之后，去辨证论治就可以了吧？”

老师回答道：“也不尽然，其实辨病论治也同样不可忽视，就如同有的时候我治疗咳嗽，明明证候把握得十分准确，但是遣方用药后效果依然不是很理想。有些咳嗽，并不来自身体温热寒凉、虚实盈亏，而是来源于部位。比如喉源性咳嗽，我常用的就是喉科六味汤加蝉蜕，并没有辨证论治，而是辨病论治，因为辨证没有用啊！”

我说道：“也就是说，该辨证的时候辨证，该辨病的时候就辨病，只要能解决疾病，不论是辨什么，最终目的都是要缓解或治愈。”

“对！”老师说道，“在你是一个中医之前，你要记得你是一个医生！”

肆拾叁 精与变

家传易水学派的曾祖父的教导依稀在耳边萦绕："组方要精，更要变，一个四君子汤能通过加加减减，变化无穷！做人也要一样，要尝试着改变，让自己精进！"

小时候，我完全不能理解曾祖父说的话，直到自己跟随老师开始真正系统地学习中医之后，才渐渐明白了曾祖父话中的深刻含义。

刚开始跟老师的时候，老师的组方总是二十味药左右，除了几十味常用药物外，鲜有新药使用。

有时候，望着电脑屏幕，老师会不经意间叹一口气，我不知道为什么。忽然有一天，我鼓起勇气好奇地问道："老师，您怎么了？最近总是在叹气。”

老师有些失落地叹了一口气回答道：“哎！没什么，只是看到自己的方子正好二十味药，想要裁减却不知道化裁哪味药好！想让方子尽量少一些药，哪怕能省下几块钱也好。现在的人病得太复杂了，你想要给他泻火，可是他脾胃又寒凉；你想要给他温阳，可是他上焦又虚热；你想要给他疏肝理气，可是他还痰壅于肺。有的时候不知道从哪儿入手，而他们却想要短时间内获得最好的疗效。于是你就要给他全面顾及，既要泻火也要补脾，既要温阳还要滋阴，既要疏肝还要化痰，但是这样方子也就减不下来了！”

看着老师的样子，我的心里也不能平静，是否曾祖父说的“精”在现代已经失去了意义了呢？晚上回到家，我苦思冥想也不能得之一二，拿起方剂书，看着先贤们简简单单就能解决疾病的方子，我陷入了无尽的思考……

次日，我忽然发现老师开方似乎和从前相比有一些不一样，不但精练了许多，剂量也有所提升，而且用了不少没怎么用过的新药。

下午，老师对我说道：“之前也许我走入了一个盲区，昨天你问过我之后，我想了一个晚上，又翻看了邓老曾经的笔记，我想尝试着做一些改变。就从使用新药、增加药量、精简药物做起吧。”

曾经有人说过，一个医生，头二十年是积累，后二十年是勃发，再二十年是倒退。我想了想，很对，但对于曾祖父和老师来说并不适用，因为他们都能在遇到瓶颈的时候尝试着改变，让自己精进！

肆拾肆

调中益气汤

李东垣在《兰室秘藏·劳倦所伤论》中，用很大的篇幅叙述了调中益气汤如何进行加减的方法。原来我一直认为，补中益气汤和调中益气汤是相同的方子，因为补和调在我的印象中是差不多。

直到有一天老师说道：“你先打一个调中益气汤作为底方，他中气不足，下焦湿热，阻遏气机上升！”

而在我的理解中，补中益气和调中益气是一个方剂，于是在电脑上输入了补中益气汤的方子：黄芪，当归，白术，党参，升麻，柴胡，甘草，陈皮。

老师转过身，看了一眼方子，皱着眉头说道：“这是调中益气汤？”

我挠了挠头，一脸疑惑地问道：“还有第二个调中益气汤吗？补中益气芪术陈，升柴参草当归身，虚劳内伤功独擅，亦治阳虚外感因。”

老师似乎有些生气，说道：“你可别说你家传易水派了，我都觉得丢人！回家把《兰室秘藏》好好翻翻！还给我背上汤头了。来，把白术换成苍术，当归换成黄柏，然后给我加生地黄 30g、川芎 15g、栀子 10g，黄芪给我加到 45g，党参换成生晒参用 6g。再加 15g 木香！”

回到家，翻开《兰室秘藏·劳倦所伤论》中调中益气汤：橘皮（如腹中气不转运，加木香一分，如无此证不加），黄柏（酒洗，以上各两分），升麻（此一味为上气不足，胃气与脾气下流，乃补上气，从阴引阳），柴胡（以上各三分），人参（有嗽者去之），炙甘草，苍术（以上各五分），黄芪（一钱）。

补中益气，调中益气，一字之差，竟差之千里。补和调，看似相似，实则相差甚远。

肆拾伍

泻火药

“最近总是心烦不安，总觉得心跳的速度好像快似的！你赶快给我看看我究竟是怎么了，吃点什么药！”聚会期间，一位要好的朋友向我询问道。

“二便怎么样？”我问道。

“小便有点黄，大便总是干燥排不下来。”

“张嘴，我看看舌头！”我抓着他的腮帮子对他说道。

“啊——”

看着他的舌头，舌尖有红点，舌体呈绛红色，舌苔薄白，这应该是典型的心火亢盛证。

“吃点导赤丸吧！药店应该都有卖！”我对他说道。

一周之后，朋友反馈已经基本上正常了，心也不烦了，睡眠也安稳了，小便不黄了，大便也不干燥了。

我满以为事情到此就已经结束了，但是并没有。有一天他给我打电话急匆匆地说：“不行了，我又上火了，你这药怎么不好使了？我吃完了一点也没有改善，反而好像更严重了呢！”

“你先别着急，说说你最近的症状。”我对他说道。

电话里面他十分沮丧地说道：“还是大小便不太正常，除了闹心以外，胃也不太得劲，右边大牙边上还起了个牙宣子，睡觉也睡不踏实！咋整啊，你看看再吃点啥药？”

听他的叙述，应该是胃火勾起了心火，其根本病位在于胃，再吃导赤丸肯定无效了，而他平时经常吃一些肥甘厚味、辛辣炙煿之品。我便对他说道：“你买点牛黄清胃丸吃吧！先吃一个礼拜看看。”

“好吧！唉……”他长叹了一口气说道。

也就过了三天，他特地来找到我问道：“好了，三天就好了一大半，不过为什么这次得吃牛黄清胃丸？我前几次吃导赤丸都好使，为什么这次就不好使了呢？”

“中医的上火分为好多种，按照脏腑来说则分为心火、肺火、肝火、胃火、大肠火、小肠火、膀胱火。按照三焦来划分，又有上焦火、中焦火、下焦火。而按照人体主次来分，又可以分为君火和相火。按照病理和生理划分，又可以分为壮火和少火。来源不一样，部位不一样，主次不一样，用药遣方也就不一样了！导赤散主要是去心火，走小便，而你这次是心、胃都有火，而且主要是因为胃火炽盛引动心火亢盛，再用导赤散自然就无效了！”我回答道。

“听不懂！只能说你们这中医太神奇了！”他说道。

在《汤液本草》中王好古这样写道：黄连泻心火，木通泻小肠火；黄芩泻肺火（栀子佐之），黄芩泻大肠火；柴胡泻肝火（黄连佐之），柴胡泻胆火（亦以黄连佐之）；白芍药泻脾火，石膏泻胃火；知母泻肾火，黄柏泻膀胱火；柴胡泻三焦火（黄芩佐之）。

肆拾陆 半夏

半夏这味药是老师平常最喜欢使用的药材之一，老师常说半夏辛温，入脾、胃、肺经，能够燥湿化痰、降逆止呕、消痞散结，是难得的好药。

半夏泻心汤是老师平时最愿意使用的方剂，半夏泻心汤与栝楼薤白桂枝汤合用并加减化裁，常常被老师拿来治疗心系方面的疾病。

老师对我说：“东北人喜爱吃咸味，喜欢吃酱菜，而且在做菜的时候喜欢大量使用咸盐，咸入肾，肾属水，心属火，而水克火，过分吃咸味对于心脏的影响是十分严重的。这也是东北心脑血管疾病高发的原因之一。”

我反问道："除了重口味以外，现在的东北人喜欢吃海鲜烧烤和肥肉了，鱼生火，肉生痰，这是否也是心系疾病的原因之一？如果是，应该以下法为主？"

老师回答道："过食肥甘厚味自然是所有内伤疾病的病因，所以海鲜烧烤、肥肉、啤酒也是其中的原因之一，正是因为如此，半夏才是一味好药啊！半夏燥湿化痰，对于过食肥甘厚味的东北人来说，是最适合不过了，但是半夏药性过于峻烈，所以还需要配伍其他的药物克制其性。我通常采取少佐一些生姜的方法来达到抑制半夏的目的，因为半夏恶生姜，二者能够相互抵消药性。但配伍生姜的量需要酌情，不宜过大，否则半夏会丧失药性，这样就达不到治疗疾病的效果了。"

我继续问道："那么临证的时候，我该怎么使用半夏呢？"

老师回答道："东北的中年人，我们最常见的就是梨形人，也就是下面粗上面细，而这类人还偏偏喜欢敞胸露怀，这是因为他们经常出汗的缘故。然而这样是非常危险的，此时鬼门大开，风邪乘虚而入，于是就形成了风挟痰上扰的证候，常常会出现眩晕耳鸣、恶心呕吐、头痛如裹。这时候就用半夏天麻白术汤进行治疗。而到了老年，东北人因为经常食用咸盐，导致血管（这里包括动脉、静脉两种）硬化，动脉硬化则血液泵出的力量就会减弱，甚至会导致血管破裂出血；而静脉硬化则会导致静脉中瓣膜闭合出现问题，导致血液滞留。这就要从两方面进行医治了！"

"活血和祛痰？"

"没错！正是活血和祛痰，这时候就该使用半夏泻心汤合栝楼薤白桂枝汤进行加减，可以少佐一些酸味药如白芍、五味子等。酸能克制脾土，也能助心生火，活血药多性辛，少佐酸性药，一散一收、相反相成疗效更佳，这也是五行相生相克的原理。”

肆拾柒

病从何处来？

心为五脏六腑之大主，主血脉，主神志，为君主之官。肺为华盖，为娇脏，主宣发肃降，主行水，主气、司呼吸，主治节，为相傅之官。每天诊室中最多的便是这类心系、肺系疾病患者，其中又属咳嗽胸痹这类疾病患者最多。而在东北，导致这类心肺疾病的主要原因便是寒与痰，而痰多于寒，所以老师的每剂方子都离不开陈皮、半夏、南星这类化痰药。

老师对我说道：“北方多寒，而东又偏温，于是造成了东北这样独特的寒而干燥的气候。我们这座城市，四面环山，处于风口，城市中心又横跨松花江水，风挟水气又偏冷，所以我们这里的冬天要比其他处于平原的地方更寒冷一些。”

我反问道：“那为什么又称我们这里是风水宝地呢？”

老师回答道：“在北方很少有像我们这样水资源丰富的城市，而不论是古代还是现代，水资源是宝贵的资源，有水就能种庄稼，有水就能生活，我们这里也正是满族的发祥地。从古代战略位置来说，我们这里四面环山，居高临下，易守难攻，再加上环绕在城市中心的松花江，形成了一个天然的太极图，古人迷信，所以称之为风水宝地。然而就现代来说，这个风水宝地可就不那么亲近人了！”

我又问道：“这又是怎么说呢？”

老师回答道：“现在的东北人喜欢吃，喜欢喝，酒肉不离，顿顿烧烤，而且偏爱沿江烧烤。男性好敞胸露怀，冬天也是如此。女性一样爱暴露身体薄弱处，比如穿那种领子低的衣服，还有也不知道什么时候开始流行起来的露脚脖子。而且人们还不愿意进行户外运动，哪怕是散步也懒得走，这样就造成了寒与痰相互夹杂，遏制了心阳的产生，心阳不足，自然就会出现畏寒肢冷、胸闷气短、面色苍白等诸多症状。其实也不能说气候不适宜了，只是现在不像古代那样物质匮乏，人们需要每日劳作才能糊口，所以应该说是人不适应气候了，人改变了而气候没有变，便会出现诸多症状。”

我接着说道：“那么我想要避免这类疾病，应该要禁忌大吃大喝，少吃烧烤类食物，尤其不要在户外进行烧烤，因为这除了会生痰之外，也不卫生，而且还容易引起火灾。要避免薄弱位置如颈、胸、腹部，膝盖、脚踝等裸露在外，还要适当做一些有氧运动，促进血液循环。这样就能从根源上避免寒和痰的产生吧？”

老师肯定地说道:“没错，不过这样也仅仅只是通过自身因素去适应大自然，对总体上的气候我们还是无能为力，即便做到上述那样，也不能百分之百保证不得东北的地方病，正所谓一方水土养一方人，一方水土同时也在祸害一方人啊！”

肆拾捌 辨证

没人的时候，老师总是喜欢向我提问，今天也不例外，这早已经成为家常便饭了。

老师问道：“说说中医最常用的辨证方法是什么？”

我心道：这想都不用想，中医目前最主流的辨证方法自然是脏腑辨证。因为脏腑辨证不但具备简便和可以推广的特性，同时可以将疾病各类症状归于脏腑，以便于更好地遣方用药，所以被定为官学。现在在学校所有的中医学子接受的最主要的辨证方法就是脏腑辨证了。

我回答道：“自然是脏腑辨证！”

“不对！”老师摇了摇头否定道。

我挠了挠头疑惑地说道："总不可能是六经辨证吧？难道是现在用六经辨证的人多了？"

老师对我说道："张元素有一本书叫作《脏腑标本寒热虚实用药式》，讲的是什么？"

"八纲辨证！原来如此，是八纲辨证！"我恍然大悟，"脏腑辨证也好，六经辨证也好，都离不开八纲辨证啊！"

老师说道："并不是这样的。用八纲解释六经辨证只是伤寒派的一个流派而已，但就目前的使用率来说，八纲辨证才应该是使用最多、最频繁的辨证法了。从阴阳、表里、虚实、寒热几个方面，对证候进行评估与分析，能够作为所有辨证方法的总纲。而你过于拘泥于学派，所以才会答错这个问题。"

我问道："那么脏腑辨证和六经辨证之间，脏腑辨证是在金元时期才被系统地整理出来的，较六经辨证产生得晚，为什么最终却能够成为主流的辨证方法呢？"

"事实上脏腑辨证产生得并不晚，在两汉时期就已经有所发展，在两宋时期又得到奠基，到了金元时期被张元素总结提出并且成功地推翻了六经辨证将近一千年一家独大的地位。这不仅仅是偶然，是顺应历史潮流的必然。直到今天，伤寒派六大流派依然在各说各话，互不承认彼此。而六经辨证本身也是一个不完整的辨证方法，否则就不会有后期卫气营血辨证对其的补充了，即便得到了补充，对于内伤病来说还是显得捉襟见肘。除此之外，《伤寒杂病论》很多部分还值得推敲。所以，脏腑辨证因为其体系与模型相对完善，而气血精津液辨证也好，经络辨证也好，三焦辨证也好，最终都能归于脏腑，再加上后续易水派医家的不断补充，这就有了战胜六经辨证的资本，最终推翻了六经辨证的统治，成为官学。”

我点点头：“一份遗产被六个儿子争夺，每个人只得到了六分之一份。邻居原本生活得不如他们，但是因为他们分家了，每个人的六分之一就不如邻居了。”

老师接着对我说道：“所以如果什么时候伤寒派能够觉悟，互相承认彼此，补齐六经辨证的不足，以医圣的名声，恐怕易水派官学的地位将会不保了，不过可惜的是这一天应该不会见到了。你也一样，不要拘泥于学派的争论，伤寒也好，易水也好，还有河间、温病、汇通，都一样，不论哪家都应该学习，取长补短，这样才能成为好的医生，而不是口水大夫，只知道嘴上痛快，而实际上根本治不好病。”

肆拾玖

我学推拿的日子（一）

教我推拿的老师，是新中国成立后我们这里第一批到上海学习海派推拿的人，可以说算得上是这座城市推拿的祖师爷。他的学生有很多，遍布整个省，甚至有的在海外从事针灸推拿工作。

曾经的我对于推拿是不屑一顾的，在我看来推拿是中医的“下九流”，不但低级而且是个人就能干，甚至一度认为推拿是中医技术中的耻辱，并且觉得推拿治不了什么疾病。早市、夜市、江边公园经常能够看到摆一个塑料凳子，竖一个牌子，推拿十分钟收十块钱的人。正是这些偏见让我更加蔑视推拿这种技术。然而这种偏见却被这位老人纯熟的技术所打破，也让我知道了什么是真正的中医推拿。

“这是一指禅手法，适用于全身各个部位，手握空拳，沉肩，垂肘，悬腕，拇指侧偏锋或螺纹面吸定于身体部位上，以腕部为支点，反复做往返摆动。一指禅是摆动类手法最基本的手法，也是海派推拿的核心与精髓，你要勤加练习！”老人一边在练习枕上展示手法，一边对我耐心地说道。

在练习枕上，我不断努力地练习着一指禅摆动手法，刚刚做了不到三十秒就已经累得满头大汗，手腕已经酸了。令我奇怪的是，老人一直在和我一起练习，却一脸的轻松，丝毫没有感觉到吃力的样子。

我不禁问道：“老师，您怎么一点都不累？难道您的气功已经到了炉火纯青的地步了吗？”

老人看了我一眼，停了下来对我说道：“什么气功？又看了什么骗人的玩意儿了吧？你看我们每天锻炼的少林易筋经，事实上是一种训练提升人体机能的方法，你做完一套广播体操并不感觉多累吧？但是一套易筋经下来，就连我都会大汗淋漓，这就是老祖宗用来锻炼身体的方法，想要学好推拿就必须要锻炼基本功，身体好才是硬道理。不过这和你手腕酸并没有什么关系，你手腕酸是因为你的姿势不对，我不是告诉你了吗？沉肩、垂肘、悬腕，你的肘子比手腕还高，把力量全都压在手指头和手腕子上了，能不累吗？好好看看我的手法！”

说完又给我演示了一遍。也许是我比较笨吧，四肢协调能力总是跟不上思维的变化，不论怎么想沉肩、垂肘、悬腕，总是不经意地抬高手腕或者手肘。

“推拿是一门笨功夫，但不是给蠢人学的，要靠时间的积累，慢慢地来，你才学了一天，这就是让你了解一下推拿，还需要勤加练习才是！今天就到此为止吧！”老人拍了拍我的肩膀对我说道。

这个假期每天三点钟到五点钟，短短的两个小时，我跟随老人学习推拿，所有的动作、各个细节老人都讲解得十分清楚，也十分明了，让我明白了不是是个人抓起肩膀推捏几下就是推拿了。但是我心中始终还是有一个顾虑：这推拿真的能够治疗疾病吗？

某日，倔强的爷爷瞒着我自己买米，结果扛着上楼的时候闪到了腰。古稀之年依然不服老的他，躺在床上面色十分痛苦，骨科医生说没有任何问题，只是一般的肌肉扭伤，只需要静养几天就能好了，而事实上也没有什么好办法，只能用镇痛药缓解。

我偶然拿起老人给我复印的两张薄薄的A4纸，我隐约记得上面记载着急性腰扭伤的适用手法，这是学习结业之前老人最后给我的东西，并且十分严肃地告诉我说："好好收着，这两张纸能管你一辈子饭碗，我是看你机灵，不是谁来我这学都给的！"

当时拿着这两张纸我将信将疑，凭这两张纸就能吃一辈子了？

我拿着这两张纸，照着纸上的内容，开始我人生中第一次真正用推拿治疗急性腰扭伤。因为根本没背过纸上的内容，我几乎是全程看着纸来施术的。

在最后的拍击结束后，爷爷捂着腰，也就是不到15分钟的时间，他忽然站了起来，然后对我说道：“神了！神了！一点也不疼了！”顺势还做了几个蹲起的动作，好像瞬间年轻了十岁一样。我不敢相信自己的眼睛，更不敢相信那薄薄的两张 A4 纸上的内容竟然真的能治病。

那种推拿是“下九流”“不能治病”的想法就像是被锤子砸破的玻璃一样，瞬间变成碎片掉落在地上，原本只想缓解疼痛的我，怎么也没想到，只是按照 A4 纸上的内容推拿了不到 15 分钟，竟然有如此的收效。

我想起了学习完后老人对我说的话：“好好收着，这两张纸能管你一辈子饭碗……”

正所谓“真传一张纸，假传万卷书”，老人诚不欺我！后来我才知道，这是老人根据 40 年推拿行医的经验总结出的精华，尽管只有薄薄的两张 A4 纸。

伍拾 我学推拿的日子（二）

“一指禅推法，有诸多变形性手法，像我们现在学的就是最基础的一指禅螺纹推法。除了螺纹推法外，还有一指禅镴法、一指禅偏锋推法、一指禅偏锋大鱼际推法、一指禅跪推（也叫一指禅屈指推法），还有常用的手法如一指禅推揉法、一指禅按揉法，等等。”

熟悉的声音，熟悉的老人，熟悉的手法。至今依然怀念学习推拿的那些许日子，每天累得一头汗，让久不锻炼的我重新开始运动起来。

贯穿整个学习推拿过程的重点，便是一指禅推法，其次还有两种滚法，以及揉法、拿法。在学习拿法的时候，老人常常说：“捏而提起谓之拿，你提起了吗？你那叫拿法吗？出去给我丢人！让人看了笑话！别说我教过你！丢不起那人！”

老人退休后深居简出，不怎么接患者，只有熟悉的老患者偶尔会来找他。老人收费并不高，做一次小儿推拿只收30块钱，就像一个隐士高人一样。

记得有一次我去看望老人，正巧一家人抱着一个先天性肌性斜颈的患儿来到这里，老人轻轻地托起患儿的头部，仔细地打量着说道：“来做五次，隔一天来一次，不好就去做手术吧！”

他抱起患儿，可能是因为患儿认生，他刚刚接过来患儿就开始厉声啼哭，吵闹不止。他轻轻地摇晃着患儿手指蘸了点家长刚刚买来的痱子粉作为介质，开始对患儿的颈部进行推拿治疗，全过程只用了一指禅推揉，推完患侧后又在健侧进行治疗。

我很奇怪，为什么好的那一边也要进行推拿治疗呢？事后还没等我问，老人自己对我讲解道：“治疗小儿肌性斜颈，通常来说大多数医生都认为治疗患侧就可以了，但事实上并不是。小儿肌性斜颈根本就没有健侧一说，萎缩的肌肉牵拉正常的肌肉，于是正常的肌肉也被抻开来，你认为这样的肌肉正常吗？肯定是不正常的！所以我治疗小儿肌性斜颈，在患侧用镵法，镵法的主要功效是软坚散结，每分钟频率在300次以上，而好的推拿医师要达到500次以上！所以这个手法是相当耗费关节的，一般没练过手指功的人不建议使用！而健侧我便用正常的推揉法，每分钟只需要120次左右就足够了！”

老人说完我接着问道："为什么做完要隔一天再来？持续治疗不好吗？我看一般医院的儿科展开的小儿推拿都是持续治疗。而且就治疗五次，能治好吗？"

老人听后哈哈大笑，说道："小儿肌肤娇嫩，镵法是一种刺激性非常强烈的手法，而且做完了推拿还要让机体适应一下，自我修复需要一个过程，所以要隔天来治疗。至于能不能治好，我不敢打包票，但是至少至今为止，治愈率还是90% 以上的。"

十天后我再次去老人那儿看患儿的治疗结果，患儿头部果然几乎完全正常了，但是和正常人比还是稍微能看出来有些倾斜，不过不仔细看根本看不出来。老人对患儿家属说："这已经是我能够干预的最大程度了，回家好好养着吧！"

医术本身就没有什么高低之分，不管是汤药、膏药，还是针灸、推拿、拔罐，只要能让患者的疾病有所缓解，用什么方法又有何妨呢？老人在我已经走偏的路上用他的医术和人格魅力将我纠正了过来，也让我认识到了什么是真正的推拿，它绝不比内科简单多少。

老人说得没错，推拿是一门笨功夫，但不是给蠢人学的。

伍拾壹 非器质性尿失禁

我曾经医治过这样一名女患者，该患者被多年的尿失禁所困扰，几经检查，膀胱、尿道的结构无任何器质性改变，只要动作幅度稍微大一些就会不自主地尿出来，偶然通过网络认识了我并向我求助有没有什么办法可以治疗，哪怕是一点点改善也可以。因为没有医师证，我不敢轻易接诊患者，所以建议她去当地中医院进行医治。

两三日后，她给我传来一个方子——桂枝加龙骨牡蛎汤加减，就是在桂枝加龙骨牡蛎汤的基础上增加了金樱子、桑螵蛸两味，因为我没有辨证，只得对她说可以先试试。七天过后，她给我发来反馈说基本无效，而且对于中医、西医皆失望透顶。

我觉得此时绝不能撒手不管了，因为没有脉诊，就连望诊也是通过照片，于是开始了超长篇幅的问诊，除了十问歌所提到的之外，还问了一些嗜好和家庭情况等方面。

她自述吃完饭后总是有下腹坠胀感，整体面色白光，舌色淡少苔，月经稀少，经期错后，乏力气短等，我得出结论可能是中气下陷膀胱失约证，用桂枝加龙骨牡蛎汤并不对路子。

考虑到我开汤药属于非法行医，于是建议其购买补中益气丸和缩泉丸，二药均为非处方药。并告知其中成药起效可能稍慢，建议其先购买半个月量。

五天后，患者向我反馈正常运动时已经不会尿失禁，但还是会有尿意。后连续服用一个月，尿失禁现象基本没有了，而且月经也恢复正常。我建议其再购买补中益气丸服用一个月巩固治疗。一个月后患者声称痊愈，并发来红包表示感谢，不过我并没有接受。

桂枝加龙骨牡蛎汤，本身是一个调和阴阳、固精收涩的方剂，加桑螵蛸、金樱子，更能增加缩尿收涩之功，并不是不能治疗尿失禁。然而这个患者尿失禁的根本原因是其本身中气下陷、气虚不固所导致膀胱失司，当以升阳举陷、补中益气为主，故我选择了补中益气丸，而缩泉丸本身亦有益阳缩尿之功，二方相合功效倍增，故能有效。

伍拾贰 妊娠恶阻

某天，老师的手机忽然响了，老师接到电话十分惊奇，竟然是距离不远的妇幼保健院打来电话恳请老师前往会诊。

电话那头称有一个高龄产妇妊娠期间呕吐不止，基本靠营养针维持，因为孕妇年龄偏大，前后找了几位中医，人家均不肯出面，孕妇闻听其他患者提及老师的名字，便希望老师能够前往会诊，保住这个孩子。

起初老师婉言拒绝，我心知老师的顾虑。首先，如果治疗效果差，无疑是会丢名声；其次，如果治愈了，等于无形中“得罪”了那几位中医；最后，孕妇年龄过大，而且因为妊娠呕吐已经先后打胎多次了，治愈的希望并不大。后来孕妇的丈夫亲自来到科室，苦苦哀求，希望老师能够出诊，最终老师还是决定伸手相助。

午休时间，老师带着我前往妇幼保健院，刚到门口，患者的丈夫便急忙出来迎接，我们在他的带领下来到了妇幼保健院相对靠后的房间内，只见一个神态憔悴的孕妇躺在床上连声呻吟着。

“伸舌头！”老师坐在病床前对面色萎黄的孕妇说道。

她缓缓地伸出舌头，老师又将手搭在她的脉上，转头对我说道：“看到刚刚的舌苔了吗？你觉得病因是什么？”

我想了一下便回答道：“痰！舌体胖大，整体白腻，脾湿且有寒痰。”

“嗯，正是中焦蓄冷，聚湿成痰！那当用什么方？”老师追问道。

“嗯，异功散佐以温药，小茴香、乌药、白前，温化寒痰不知道是不是可行？”我思考了一会儿回答道。

老师没有再和我说话，默默地写着病志，然后对患者的丈夫说道：“你先吃饭，我俩回去也先吃一口饭，一点时你挂号上来，我把处方给你下了，次日来取药，一天两袋，早晚服用。”

用过午饭回到医院，老师问我：“原本是想说二陈汤的吧，温化寒痰岂能没有半夏？你是想说妊娠禁忌歌中半夏的问题对吧？”

我点了点头肯定了老师的说法，回答道：“对，妊娠期间孕妇应该慎用半夏，所以我选异功散！”

老师对我说道：“我不但要打破这个禁忌，而且还要以半夏作为主药来使用！治她这个病就必须得用半夏，但是要用姜制半夏，用姜制半夏完全不用忌讳，妊娠期间完全可以使用，而且姜制半夏化痰的功效对于这个患者来说效果更好！”

老师最终的方子是二陈汤加味，不但重用了姜半夏，还重用了陈皮，加白前、葫芦巴、肉苁蓉，甘草换成了炙甘草。

七天后，患者在丈夫的搀扶下缓缓地来到了诊室中，她激动地握住了老师的手说道：“好多了，医生，我好多了！您真是神医！”

老师深深地叹了一口气说道：“哎，什么神医，没有什么神医！你现在用药还不到时候，得再吃三周看看！”

后来经过三周的治疗，患者虽然症状没有完全消失，但是已经能够正常吃饭，各项指标均达到可妊娠标准。患者丈夫送来锦旗和谢礼，被老师委婉拒绝了。

伍拾叁 气虚血瘀

“大夫，我最近几天头涨得厉害，感觉迷糊！”一个 40 岁左右的中年大叔坐在老师面前说道。

老师为他测量了血压，140/110mmHg。接着又让他伸出了舌头，发现舌头不但胖大，而且分布着大大小小的瘀斑、瘀点。

“你把把他的脉！”老师对我说道，但是她本人并没有亲自去把脉。

我轻轻地搭上手，感受着血液在脉管中的搏动，往来并不流利，双手尺脉重取则无，于是对老师回复道：“涩中有虚！”

老师点点头，对我说道："这就是气虚血瘀！下午我仔细给你讲清楚！"

老师写完方子后，我看着黄芪的用量，心里有点虚，问道："老师，这黄芪是150g还是15g？"

"150！"老师抬起头对我说道，接着继续写病志。

我又问："楼下药房给吗？"

"给！别人不给，我肯定能给！"老师接着回答道。

150g黄芪，我有点发蒙，除了几个重症肌无力的患者最多曾用到过200g，至今还没有仅仅是气虚血瘀的患者使用这么大量的黄芪，最多也多不过50g，而今天总是以小剂量方药治疗疾病的老师却一反常态用了这么大剂量的黄芪，答案也只有等待下午老师的解答了。

下午，老师问我："知道今天我用的方剂是什么吗？"

我回答道："应该是王清任补阳还五汤的加减方。"

老师说："对，补阳还五赤芍芎，归尾通经佐地龙，四两黄芪为主药，血中瘀滞用桃红。黄芪四两换算成今天的克数大约148g，所以150g黄芪才是本方的正常使用量。你是不是认为补阳还五汤只能治疗中风？"

我回答道："现在很多人都用这个方子来治疗中风后遗症，但是气滞血瘀只是一个证候，如果对证便可以使用，但是对于一个常人来说我还是觉得150g黄芪略多，我怕他承受不了。"

老师接着说道："这个你一定要考虑到患者的身体情况，上午的那个人是干体力活的人，长时间的劳累导致他整体出现气虚血瘀，你说的那种情况不是不存在。但是从他的血压上来看，舒张压和收缩压的差值较小，这样黄芪用量小了反而会导致血压上升，而用量大了则会导致血压下降，黄芪这个药是有双向调节作用的。当大夫的一定不能自己先畏惧三分，你和药物做朋友，了解它的禀性，它便会按照你的思路去帮助你。”

我点点头说道：“老师您说得对，是我畏医惧药了！”

后患者反馈良好，服药两周后血压基本正常，老师观其舌色已经恢复正常，嘱咐其服用补中益气丸巩固治疗一个月。

王清任云：如患者先有入耳之言，畏惧黄芪，只得迁就人情，用一两二两，以后渐加至四两，至微效时，日服两剂，岂不是八两。

伍拾肆

复元活血汤

叫到23号的时候，一位穿着华丽的中年妇女坐在了老师面前，电脑上显示其已经62岁了，但是完全看不出已经年过花甲的样子，从面相上来看，也就50出头的样子。

老师简单地询问了一些基本情况后，接着问道："最近主要的症状是什么？"

妇女回答道："肋骨两边胀痛连带着乳房，疼得我直闹心，有的时候恨不得捶几下。"

老师接着开始搭脉，又看了看她的舌象，对她说道："你这是血瘀阻塞在肝胆经上了，就是说你长时间心情不是太美丽！这个就要从你自身找原因了！管事多啊，操心啊，喜欢生大气啊，诸如这些！”

“大夫，您说得太对了！事情多啊，天天什么都得我管！哎，别提了，你说……”接着开始长篇大论，零零碎碎的，全是一些鸡毛蒜皮。

老师低着头默默地写着病志，而我也默默地录着老师开出来的方子——复元活血汤加减。

在复元活血汤的基础上，老师增加了青皮、莱菔子、王不留行、漏芦（因为医院没有穿山甲，改用王不留行加漏芦），以及 5g 的酒大黄。

开完药我问道：“在这熬药还是回家自己熬？”

她仿佛没听见一样，继续说着她的那些琐事，仿佛整个世界只剩下她自己和倾听她的人一样。

老师接着对她说道：“在这儿我给你把药熬好了，一天两袋，都在饭后。可能会有点拉肚子和排气，这是正常现象。”

老师对我说道：“复元活血汤本是治疗跌打损伤的方子，但是原方的使用范围远远没有那么窄，像与肝经瘀血相关的证候，用此方作为底方，都会有很大的收益。她这个人主要是气滞，气滞造成了血瘀，而之所以气滞，是因为常年这样肝气不得疏，肝主疏泄，其中便有气血一说，肝的疏泄能力差了，自然就会导致气滞血瘀，从而引发诸多肝胆疾病。在复元活血汤中大量加入青皮、莱菔子泄气，用王不留行和漏芦代替穿山甲通经，最后酒大黄实际上还是用其去腐生新的作用。”

患者服用药物一周后，自述矢气频频，每天至少上两次厕所，但胁痛已经有了较大的改善。复诊时老师去掉酒大黄、莱菔子、青皮，加入川芎、枳壳、香附、川楝子。

老师对我说：“青皮破气，久用必损正气，改用较为缓和的枳壳。川芎血中气药，香附气中血药，二药联用，相互增强理气活血之功效。而川楝子疏肝解郁，又能止痛。”

又一周后，患者基本痊愈，老师嘱咐其继续服用成药逍遥丸两周进行巩固治疗。

伍拾伍

肾不纳气

一天，一声声急促的喘息声吸引了我和老师的注意，一个患者从一楼走楼梯来到诊室的一刹那便被我和老师看在眼里。

近观她的面色，黄中带黑，不到 70 就满脸褶皱，犹如干枯皲裂的土地一般，眼睛混浊发黄，目光呆滞无神，驼背含胸，就像一个问号，让人不由得为她担心。

终于轮到她就诊，我叫了她的名字，她在女儿的搀扶下缓缓地坐在椅子上，老师开始了例行询问，搭脉后老师在病志上写上了“脉象沉细弱”。又询问了病史和接触史等，老师确定了她的哮喘诊断，并写上了“肾不纳气证”。

哮喘的病位有三：在肺，在脾，在肾。老师曾经说过，在肺以宣气，在脾以化痰，在肾以补益。到了肾，病情就已经是非常严重的了。

在师爷的经验方蛤蚧河车大造丸的基础上，老师又做了一些修改，形成了自己的验方：生地黄 45g、蛤蚧两只、人参 6g、白术 15g、黄芪 30g、当归 15g、川芎 15g、白芍 30g、山药 30g、茯苓 15g、远志 15g。以此作为底方，根据患者的病情临证进行加减。对于这个病人，老师又加上了巴戟天 15g、陈皮 30g、半夏 10g、胆南星 10g，在补肾的基础上又兼以化痰。

下午，老师对我说："哮喘到了这个地步，纵然是神仙也难医治了，现在能做的仅仅是缓解症状而已，所谓补肾纳气，不过是在调动人体的正气，获得相对好一点的生活质量罢了。还是那句话，偶尔治愈，常常帮助，总是安慰。这是作为医生的无奈，也是不得不承认的事实，不论中医还是西医都是有局限性的。"

伍拾陆

曾祖父的笔记（一）

在曾祖父的笔记上记载着这样的话：外病以风为长，内病以气为司。故外病散其风，以消其游走数变之能；内病理其气，以除其升扬滞壅之性。

曾祖父认为外感病多因风夹杂其他邪气侵犯人体，内伤病多因为气引导其他邪气而侵犯人体，所以治疗外感病要散风，治疗内伤病要理气，擒贼先擒王。

所以在曾祖父的一些医案和方剂中，外感病几乎不离防风，内伤病几乎不离陈皮。

治疗外感初起的疾病，不论寒热，曾祖父最喜欢使用的便是防风、荆芥这一对药，甚至比使用麻黄的频率还要高。

曾祖父曾自拟一治疗实证感冒的方剂：防风、荆芥、甘草，若为风热加浮萍、薄荷去荆芥；若兼有咳喘加郁李仁；若兼有发热加石膏。临床颇有良效，不逊于麻黄汤。

对于内伤病，曾祖父认为东北多以痰病为主，故临床中对于二陈汤情有独钟，多以二陈汤加减治疗各种痰证。现代医家使用二陈汤多去掉乌梅和生姜，曾祖父在笔记中也有谈及，他认为去掉乌梅和生姜的二陈汤失去了敛肺涩肠、生津止渴的功效，乌梅作为佐使药，不但能使二陈汤之药物间相反相成，还能使增强茯苓利水渗湿的功效，去掉了乌梅等于将二陈汤的功效削弱了一半。在半夏的使用上，曾祖父主张在二陈汤中使用姜半夏，更能增强半夏化痰的功效，使二陈汤功效更强。

曾祖父曾经治疗过一个妇人，久咳不止，脉象沉紧，舌淡苔白，舌胖大有齿痕，自述腹中胀气难忍，饮食不下，食而呕吐干咳。曾祖父使用陈皮、肉桂、灶心土、八角茴香，针刺气海、足三里、合谷、阳陵泉，施以泻法，一周便痊愈。

此妇人脉象沉紧，舌淡苔白，均为一片寒象，且舌胖大有齿痕，饮食难以下咽，食则呕吐干咳，又腹中有胀气感，这都足以证明这个妇人的久咳是由中焦湿寒、气机不畅所致。当年曾祖父在农场工作，中药资源缺乏，所用之药皆为药食同源随即可取的厨房作料，肉桂、八角茴香均能温中，陈皮理气化痰，配合锅炉中久烘的灶心土温中止呕，又配合银针施以泻法以下寒气。

伍拾柒 釜底抽薪

曾祖父曾治过一精神类疾病患者，该患者男，30 岁左右，因为感情遭受打击而患病，平日和常人无异，但发作时症状如医书所描述：烦躁不宁，打人毁物，弃衣而走，登高而歌，呼号怒骂，不避亲疏，且力大如牛，几个人上前都不能制服。因所处农村，曾请“仙人”来“招魂”，无果，经人多方打听找到曾祖父。曾祖父经过诊脉问诊后开出桃核承气汤。连续服用两周后，曾祖父随访，家人称患者犯病的次数明显减少，曾祖父又让其家人抓了两周汤药。后续曾祖父回访，家属称患者状态好多了，发病次数很少。

老师也曾治过几例这样的患者，其中一例我印象颇深。

患者，男，24 岁，他的面相给我的印象极深，眼眶深度凹陷，眼珠略有突出，有血丝，在诊室排队的时候十分安静，每次都是站在墙角一动不动地盯着老师。有一次，站在老师身后的一个患者在等待的时候说了句“精神病，精神病”，事后，老师对那个患者大为训斥。老师说：“在医院不要瞎说，这个孩子就有精神类疾病，你给他刺激犯病了，你负责吗？”老师给患者开出的方剂类似于曾祖父的方，使用的是桃核承气汤加味，在原有药物的基础上加入了火麻仁、石菖蒲、远志、冰片四味药物。

上述两例患者均无大便秘结之证，但是曾祖父和老师所开的方药大体思路相同，均为泻下剂。这就犹如釜底抽薪一般，此时锅中烧的水已经沸腾了，如果要让锅中的水停止沸腾，无非两种方法：一是在锅中加水，但是如此的话锅中的水很快还是会沸腾；二便是把燃烧的稻草抽掉，即釜底抽薪，从根本上断绝热量，让水失去了沸腾的物质基础。

釜底抽薪法，在中医治疗中的应用范围相当广，不仅是精神类疾病，久咳久泄等都可以采用釜底抽薪法，而釜底抽薪法也不单单是指单一的下法。

伍拾捌

曾祖父的笔记（二）

曾祖父曾经这样对我说："小病投以重药，常病投以平药，大病投以小药，重病投以微药。实病多以汤剂，虚病多以丸剂，急病多以散剂。"

我不解地询问道："小病和常病的用药可以理解，但为什么重病、大病反而药量要小甚至微呢？"

曾祖父对我说道："凡是重病、大病，病人本身已经羸弱不堪，是以虚证为主的病症，若是实证则不适用。这里的重病指的是癌症，这类疾病，治疗癌症的整体思路是扶正的同时要祛邪。扶正可以从两方面：一是饮食方面，通过食疗的方式扶正；二是在药物方面以扶正为主，不可一味地攻伐。

若力伐之，则病人必死。此时贼寇之势力已经压我，通过不断地扶正让病人身体恢复后，便可以使用少许攻伐药物徐徐克之，积少成多，即便不能痊愈，也能让病人带病生存。”

我继续问道：“急症为什么多用散剂？”

曾祖父回答道：“你想，在古代，如果有人突发疾病，熬药肯定来不及，而丸剂吸收得相对要慢，散剂取之容易，自然是急症的首选剂型了。”

我接着问道：“您刚刚说，实证不适用您刚刚说的话，那么遇到实证该怎么办？”

曾祖父接着回答道：“拿最常见到的因为各类病邪亢盛造成的发热类疾病举例子，不论是风、寒、暑、湿、燥、火，还是内伤气血痰瘀等，它们都有可能造成发热，你首先要做的就是退热。这个道理很简单啊，不管你是补是泻、是寒是热，最终你要退热，你就时刻记住“整体观念、辨证论治”这八个字！抓主证！抓主证！实证是最好治的，也是治疗起来最有成就感的！”

后来，翻开曾祖父留下的笔记本，读到这样的话：“用药犹如用兵，贼寇之势弱我，我当以力伐之，莫使其聚众而反；贼寇之势齐我，我当以计夺之，克其之薄弱，攻其之以虚；贼寇之势胜我，我当以奇兵削弱之，扰其安而乱其阵也；贼寇之势压我，我当隐之，潜龙勿用，暗壮我之声势，以待时变，终能以弱胜强。”

每每读这段话，总能想起曾祖父的教诲。

伍拾玖 山楂

在东北怎么能少得了炖菜？听说今天的晚餐中有一道土豆炖牛肉，这让我十分期待它被端上餐桌的那一刻。

在奶奶烹饪的时候，我来到厨房取刚刚烧开的水，无意间一个细节映入了我的眼睛，只见奶奶将几片山楂干扔入了锅内，很快山楂和土豆炖牛肉便融合在一起。我好奇地问道："奶，你怎么往里面放山楂啊？这是什么做法？"

奶奶拿着炒菜勺轻轻地敲着锅边对我说道："牛肉不容易烂，放了山楂之后，肉就炖得烂乎乎的了！"

听了奶奶的话之后我皱了皱眉头，猛然想起被称为焦三仙之一的焦山楂是消肉食的消食药。从前只知道山楂是药用和食用的，却没想过山楂竟然也能作为作料使用，而且和中药的功效如此相似，这简直让人觉得不可思议。生活的点点滴滴竟然能和中医相互联系在一起，创造中医汤剂的先贤伊尹，不也正是庖丁吗？

临床中，老师的方子中焦三仙的身影是经常出现的，不但如此，老师有时更是大剂量使用山楂作为君药治疗胸痹心痛，老师说山楂是个好药，不但能够消食导滞，还能活血行气，现代研究发现它还有降脂化浊的功效。

在心系疾病及血管周围疾病的治疗中，大多数时候老师很喜欢伍山楂作为佐使药，一般定量在 15g 左右，作为君药使用的时候可用到 30g 左右。

老师说，东北人应该多吃山楂，山楂味酸，能入肝、脾、胃三经，其最厉害的地方就是能够消肉食。而东北人喜欢食用肉类，尤其是油脂较多的猪肉，猪肉性寒，多食最易生痰；除此之外东北人还喜欢吃烧烤，吃咸食，又慵懒不爱运动，所以方子中加入山楂能够多少起到消食的效果。

陆拾

高血压（一）

由于科室人手不够，每天老师总是亲自为病人测量血压，即使人手够的时候她也不愿意麻烦其他人，生怕别人测量得不准。

在东北高血压是非常普遍的，十个人里面可能有三五个人患有高血压，甚至更多。很多患者不愿意终身服用降压药来维持血压，便来选择服用中药治疗。但更多的人是在看中医治疗其他疾病的时候无意间发现自己有高血压的。

有一次在为一个老妇人测量血压的时候，老师皱着眉头惊讶地说道：“你的血压怎么这么高？都 190/120（mmHg）了！你必须口服降压药了！先开个放血，看看能不能先把血压降下来。你这可不行啊！你血压都这么高了，怎么才来看医生？还自己来？”

她捂着脸身体不自主地晃荡着，声音有些颤抖地对老师说道：“大夫啊，我不知道啊，我就是前两天迷糊难受，来医院他们都说您看得好，我就提前预约挂号来了！”

开过放血之后，她在护士的搀扶下去治疗室进行放血治疗。

大约半小时后，她自己晃晃悠悠地回来了。处理完前面的患者，老师让她坐下，又给她测量了血压，这次血压在150/100mmHg。老师松了一口气说道：“我给你拿几剂中药，你先吃吃看！还有，一定要吃降压药！”转头对我说：“再给她开一盒缬沙坦！”

听说要开降压药，她连连摆手说道：“大夫，我不想吃西药！你就给我开中药调理调理吧！西药吃上就停不下来了！”

老师耐心地对她说道：“你这话说得不对，咱们急则治其标，缓则治其本，你既然来找我，就是信任我，那我说什么你都得听。咱们这中药不能马上降压，得有一个过程，你看你血压这么高，血管还这么硬，你不吃降压药，万一血管崩裂了，马上就会危及生命！给你开这个西药是长效的，一天吃一粒就行！别把这个当作负担！”

在老师的细心解说下，她点点头说道：“那行，大夫，我听你的！”

老师所使用的方剂是半夏天麻白术汤加味，除了原有药物外，老师还加入了胆南星、秦艽，以及令我十分不解的黄芪，更让人不解的是，黄芪用量竟然高达120g。

我瞪着眼睛，指着病志上的黄芪问道："老师，是12g吧？"

老师很可能猜到了我会问，便斩钉截铁地说道："120！没错！别忘了开降压药！"

下午，老师对我说道："还在奇怪上午那个老太太的药方吧，黄芪大剂量使用是可以降压的，她的病主要是风痰上扰，所以要化痰，但是痰本身在那里已经形成瘀滞了，大量补气也能够间接地化瘀以补充半夏天麻白术汤本身的不足。"

我点点头感叹道："原来不只是肝阳上亢能够导致高血压！"

老师接着说道："肝阳上亢只是一种证型，除了这个证型以外还有肝火上炎、风痰上扰、痰火上攻、气滞血瘀、瘀血阻络等，都能导致高血压。而一般我们都认为高血压等于中医的眩晕，其实并不仅仅是这样，有些高血压并不导致眩晕，亦有舒张压高的高血压，这种高血压是最难治疗的，往往短时间内得不到收效，治疗起来比较困难！你要记住，中医不是西医，有的时候我们没法用统一的标准去衡量一种疾病。而西医则不同，西医有指南在手，不管什么病，只要按照指南来治大致上是不会错的！即使出现错误，也有相应的法律进行善后。这个时代是不青睐中医的，要是出了问题，我们有口难辩！所以有时候你要比西医更懂西医才是！"

陆拾壹 高血压（二）

这天老师接诊了一个比较特殊的患者，患者52岁，男，各项实验室检查均显示正常，患者的收缩压为100mmHg，舒张压为90mmHg，收缩压与舒张压之差仅为20mmHg。

这引起了我的兴趣，老师让其伸出舌头，观其舌色整体偏紫色，分布着大量的瘀斑，舌体瘦小，舌苔薄白，老师搭过脉后在病志上脉诊一项下写上了“沉细”。

此人面色整体呈蜡黄色，嘴唇略紫，神态疲倦，眼皮微微下垂，眼神无光，好像一副没睡醒的样子。通过问诊得知此人自觉乏力，容易感冒。整体来说一片虚劳之象。

老师对我说：“用补阳还五汤！”

我犹豫了一下，世人皆用补阳还五汤治疗中风偏瘫后遗症，而且补阳还五汤黄芪的剂量略大，于是我在打方的时候自觉地使用了老师对黄芪的通常用量，也就是30g。

写完病志，老师抬起头看了看电脑说道："黄芪量不够！加到150g！当归15g，地龙10g，赤芍、川芎、桃仁、红花各6g，再加上柴胡、升麻各3g，枳实30g，甘草15g。"

我皱了皱眉头迟疑了一下问道："这样行吗？"

老师斩钉截铁地说道："可以！"

我没有再多问，老师这样用肯定有她的道理。患者从整体上来说确实是气虚血瘀，但是补阳还五汤的黄芪量实在是有些大了，150g黄芪吃了我很难想象是什么滋味，况且王清任创造此方是为中风后遗症之气虚血瘀所用，还五寓意归还人体正气十分，因病失五而还五之意。

下午老师对我说道："大量使用黄芪首先可以降压，其次上午那个患者本质就是气虚，因为气虚所导致血瘀，所以当补其气，气足则血行，血行则瘀血自除，这便是使用补阳还五汤的本质。事实上气虚血瘀都可以使用补阳还五汤，你的疑虑就是在于将补阳还五汤定格在了只能用于中风后遗症的气虚血瘀，而事实上，方从法出！不论是什么样的病，只要对应了气虚血瘀，补阳还五汤就是有效的！这就叫作异病同治！"

陆拾贰

坐得住板凳，耐得住寂寞

每天的日子基本上都是相同的，今天重复着昨天所做的事情：早上六点准时起床，洗漱、吃饭，然后乘坐公交车来到医院，此时老师还没有来，诊室门口看病的患者已经陆陆续续到来。老师到来之后，我叫号喊名，老师医治、写病志，而我则等待着病志写好后录病例、打方子。

渐渐地我有些厌倦这样的生活了，这样的生活让我觉得毫无色彩可言。“乏味”这个词在我脑海中不断地浮现，不知道为什么忽然感觉自己很累，提不起精神。而每天最让我期待的竟然是午餐。

我不止一次问自己：这究竟是我想要的生活吗？这和我

之前所想象的完全不一样！每天大部分病人的疾病来来回回就那么几样，也只有偶尔能够见到一个两个特殊病例。

我问老师：“老师，这样的生活您不觉得厌烦吗？”

“坐不住板凳了吗？”老师回答道。

这样的回答令我莫名其妙，老师究竟想表达什么，我竟然猜测不到！

于是我对老师说道：“老师，什么叫坐不住板凳？”

老师回答道：“谁都有这样的时候，现在的孩子，没有一个能坐得住板凳的，好高骛远且能力有限。在我学习的时候，我的老师对我说过，‘人一定要坐得住板凳，耐得住寂寞，尤其是中医’，现在我也把这话送给你！”

我皱了皱眉头，歪着脑袋看着老师反问道：“坐得住板凳？耐得住寂寞？”

老师接着说道：“我在这里一坐就是三十多年！最开始的时候，跟师抄方我也觉得难受，再后来独立出诊没有患者的时候，更是感觉孤独寂寞，后来有了患者，治疗效果不好的时候甚至想过自己可能不是这块料，那时候我师父便和我说了刚刚的话。就这样耐着性子一直到今天，要说不无聊那是不可能的！那又能怎么样呢？我们是医生，不干这个又能去干什么？中医更要耐得住寂寞！为什么这么说呢？因为老百姓多数不认可年轻的中医，他们潜意识里认为中医越老本事越大！可往往并不是这样啊！但是又很无奈！所以还是那句话，坐得住板凳，耐得住寂寞，你离成功就不远了！”

陆拾叁 续命

偶然想起一件较为奇特的事情：元旦头三天，午休的时候，老师接到了一个电话，请她去当地一家三甲综合医院的肿瘤科会诊。

次日，我跟着老师来到了那家医院请求会诊的ICU病房前。在老师大致看过病人之后，其中一个家属便把老师拉到了一边，他并没有对疾病提什么治愈或者缓解的要求，而是不断地恳求老师说："大夫，我知道咱们中医神通广大，我老爹已经被下了病危通知书了，这边的大夫说了，可能也就这一两天，您看还有两天就元旦了，请您想想办法，已经都这样了，只要让我老爹挺过元旦，怎么都行！"

一个大男人正说着，忽然捂着脸伤心地哭了起来。老师低下了头，脸上的神色略微有所改变，她皱了皱眉头思考着什么，我知道她动了恻隐之心。她对男人说道：“我不敢保证百分之百，但是我会尽我最大的能力去帮你，现在去买半斤生晒参，一两附子，回家你整个大闷罐，放进去三升水，煮剩两升，附子一定给我先煎一个小时。还有，你这边都打好招呼了吧，下胃管也好，灌肠也好，这是两天的量，能不能挺到元旦就看造化了。”

“谢谢大夫！谢谢大夫！我这就去办！”男人擦了擦眼泪，紧紧地握了握老师的手说道。

回去的路上我问老师：“这参附汤真的有用吗？真的能够回阳救逆吗？”

老师长长地叹了一口气说道：“哎，试试看吧！这么多年了，我也是第一回遇到这样要求的家属，不过想想也是，如果真的在元旦没了，以后这家人元旦还过不过了？既然老祖宗说行，也就只能信老祖宗的了！”

十天后，老师接到了那个男人的电话，说老人在当天已经去世了，老师的方子一直用到头一天晚上，刚买来附子，还没来得及熬药老人便去世了。

老师安抚了他将近十分钟，放下电话对我说道：“古人果然是诚不欺我啊！”

“老师我做个假设，假如一直不断药，老人是不是能够一直活着？”我问老师。

老师笑着回答道：“也许只是巧合罢了！照你这么说，岂不是要长生不老了？”

陆拾肆 梅尼埃病

东北人最喜欢做的事情之一就是洗澡了，尤其是舒舒服服地“汗蒸”一下，将东北三九天的寒邪从肌腠引出，让人感觉十分清爽。当然，汗蒸的时间过长对人体就并非有益了，一般十分钟左右就应该及时停止。

公共浴室中水蒸气肆意弥漫着，眼前尽是一片朦胧。坐在温水池中，我有些乐不思蜀，这是家里的淋浴不能比的。

就在我正享受这惬意的时刻，刚刚从汗蒸房出来坐在离我不远处的老人开始有些不对劲，他手扶着脑袋，神情中流露出一丝痛苦。但起初并没有谁去在意也包括我，只是觉得可能是汗蒸的正常反应，毕竟连像我这样年轻的小伙子从汗蒸房出来也会略有一些不适应，更别说一个老人了，我觉得只要稍微歇一歇，差不多很快就会恢复的。

然而，如果只是这样，事情可能就到此为止了，就在我们都没有注意到老人的异常的时候，老人忽然栽倒了，我想都没想，猛地一跃而起，小跑到老人身边，浴池的工作人员也急忙跑了过来，和我一起把老人搀了起来。

我对工作人员说道："大哥，你帮我一把，赶紧把老大爷扶到外面去！"

"好，好！"我们两人架着老人来到休息处。

我急忙问道："怎么样了？大爷你感觉怎么样？"

大爷的神志意识还是清醒的，他回答道："迷糊，我有梅尼埃病！"

"带药了吗？"我急忙询问道。

老人回答道："没有，很长时间不犯了。"

这时候老板凑了上来，我对他说道："老板，有糖水没？"

"我去找找！"老板说完急忙冲了出去。

老人捂着脑袋说道："我这手不得劲儿，能帮我抻抻吗？"

我半蹲在一旁，抓起老人的手腕，开始用"抖法"帮老人缓解手抖，两只手交替，大约做了两分钟，老板跑了回来，手里拿着一瓶"冰糖雪梨"说道："没有白糖，你看这个行不行？"

"行！"我拧开盖子递给老人，老人缓缓地喝了几口。

接着，我开始在老人的百会及四神聪穴用叩法进行叩击，叩击频率慢慢地加快，大约 5 分钟后，老人说道："好多了，我好多了！谢谢你，你是大夫吗？"

我笑了笑：“现在还不是，未来肯定是！”

后来老人一直在跟我聊天，直到十几分钟后，老人的女婿赶了过来，对我表示了感谢，然后拦了一辆出租车，准备带老人上医院，但是老人十分倔强地拒绝了，接着自己向另一个方向离开了，似乎没有任何问题了。

老人的女婿摇了摇头，十分无奈地看了我一眼，握着我的手再次表示感谢后，转身小跑去追老人了。

陆拾伍

师生关系

老师对我说道：“古人说，‘三人行，必有我师’。今天我收你做徒弟，不是因为别的，我是真的觉得你是一个可塑之才。不过话说在前面，以后你能如何、能有多大的发展，全凭你自己，正所谓‘师父领进门，修行在个人’。老师的职责自古以来便是‘传道’‘授业’‘解惑’。过去的中医很重视这个过程，以前都是要三叩九拜、敬茶还礼的，但是现在这些礼数大可不必去做。我们也不必过于像师生，要相互学习，其实在决定收你之前，我也从你身上学习了不少东西！”

我皱了皱眉头问道：“老师，您从我这儿能学到什么东西呢？我可是慕名而来跟您学习的，您这样说我感觉我有点承受不住。”

“当然！”老师说道，“从你身上我学到了对中医的执着和热爱。你来之前，我一直在吃老底，说白了就是用从前的经验，没有任何想要改变的想法，但是你来之后，我用的药也发生了一些改变，你对我说你太爷的一些经验，我也借鉴了不少，效果均不错。其实这就是一个相互学习的过程！所以没有什么承受不住的，现在人人平等，没有古代的那种师父一句话就是权威的事情，我错的时候，你可以质疑我，有问题我们也可以相互讨论和学习。”

“老师，这相互讨论和学习，我更承受不起了！”我声音略有一丝颤抖地说道。

事实上我有点害怕了，因为从来没有一个老师说过这样的话，在我的印象中很多老师都是十分傲慢的，不容置疑的，绝对权威的。不要谈相互学习，就是请教，很多老师都会摆出一副高高在上的样子，让人难以接近。

老师接着说：“在我学习的时候，我的老师总是教导我，要急人之所急，需人之所需，遇到有困难需要帮助的人尽量帮一把，不得借助行医的方便去骗取患者的钱财，患病本身已经是很苦的事情了，千万不要给患者雪上加霜，火上浇油。那时候，我刚刚毕业分配到中医院，在我老师所带的学生中，我应该是最年轻的一个了，他对我要求十分严格。人们信奉‘严师出高徒’，中医的师生关系从古便是如此，但这种做法应该不适用于现代了，互相学习、共同进步才是现代中医师徒的相处之道！老师不仅要传道、授业、解惑，更应该从学生身上进行学习和总结，以提升自己的医术、医德。你来到我们科后，给我的触动很大，你应该是我带过的所有学生中中医基础最好的一个了。而且你对待工作、对待患者的态度也给我很大的启示，从最开始让你带患者办理住院和维持秩序的时候我就发现，你总是在跑，后来我问你，你说怕耽误患者的时间，而你从来不走电梯，你说等电梯慢。从六楼跑下来到二楼，每天不知道往返多少趟，这是我带过的所有学生中没有人做过的。医术和医德你都合格了，所以从那时开始我便有心带你，而且这也是我跟你学习的一个过程。”

我挠了挠头笑着说道：“我只是想多学点东西！我也没想那么多，我平时也愿意跑，就当锻炼身体了！”

老师说道：“从明天开始你就给我打方吧！”

“好的！”

陆拾陆 失音

诊室里面来了这样两个人：一男一女，岁数不大，身穿蓝色工人装。男人皱着眉头坐在老师面前，似乎很着急，但是始终没有说一句话。

女人说道："主任，我老公突然就不能说话了，全市的医院都去过了，吃了不少西药也不好使，也是托人打听到您这儿能治，您帮忙给看看！"

"喉镜做了吗？"老师拿出压舌板和手电筒一边看着男人的喉咙一边向女人问道。

女人点点头说道："做了做了！啥事也没有，说就是有点声带水肿，其他的什么也没检查出来。西医大夫说用了药就能好，但是吃了几个月了，都没有什么效果。其间换了几个医生，开的药都差不多。您看这个！”

说完，她开始掏兜子，翻出了一叠检查报告，老师仔仔细细地看着，生怕漏了什么项目。

接着从问诊中得知，这个患者平素血压偏高，爱生气，一生气手臂就不自觉地有麻木感。这次生病的起因是在工程上图纸校对的时候，与人发生争执，争执的过程中突然就不能说话了。

老师开的方子是喉科七味汤合柴胡疏肝汤加减：荆芥穗15g，薄荷6g，白僵蚕10g，桔梗10g，甘草10g，防风10g，蝉蜕10g，醋柴胡15g，枳实30g，青皮30g，川芎10g，白芍30g，香附15g，川楝子10g。

仅仅过了七天，患者打来电话反馈说已经痊愈，问用不用再来，老师表示已经痊愈，不用再来。

事后老师对我说道：“喉科七味汤是我治疗喑哑的经验方。这个人平素爱生气，实际上他的失音是肝郁气滞导致的，气机阻遏于中焦不能上达于胸，肝木亢盛而侮肺金所致，故而喑哑。所以不能单纯治疗喑哑，要疏肝破气，所以将枳壳换成枳实，陈皮换成青皮加川楝子。”

陆拾柒 肝火犯胃

坐在老师面前的是一个年轻的小姑娘，只有二十二岁，但已经被胃脘痛困扰多年，平素易怒，每当生气时便会胃痛，月经来时疼痛便会更加剧烈，其仰仗年轻不加理会。这次因为与同学争执而疼痛剧烈难忍，自行服用止痛西药布洛芬、阿司匹林等近一个月均无果。闻听老师之名前来求医。老师先是苦口婆心地劝她少生气、多宽容，对她讲了生气会导致的疾病与危害，然后便开始诊脉和问诊。

老师问道：“你先说说疼痛的点主要在哪儿，疼痛的感觉是什么，是剧烈的疼痛还是隐隐作痛，是灼热的疼痛还是胀痛或者刺痛。”

女孩绕着自己的肚脐画了一个圈对老师说道："主要就在这周围，平时疼痛感不是很强，但是被人惹生气了之后就会剧烈疼痛，好像火烧火燎的那种感觉，胃里就像有酸水一样，想要吐出来却又吐不出来。"

"二便怎么样？"老师继续问道。

女孩回答道："大便很奇怪，前面干后面稀；小便有时候黄，有时候正常。"

"我搭搭脉。"老师伸出手轻轻放在女孩手腕的寸、关、尺处。在切过双手的脉后又问道："吃东西怎么样？"

"吃东西还可以了，但是大夫，我睡眠不太好，睡不踏实，你在方子里面帮我加点管睡觉的药。"女孩回答道。

老师对女孩说道："你还是得先管住自己，我的方子固然有效，但若是你自己还是总与别人生气，那吃了药也是白吃啊！治你这个病，你得和我一起治，你答应我少生气，最后不生气，能做到我就给你开个方子！以后生气之前先问问自己生这个气有用没有用，如果没用，就不要生气了，生气到头来坑的还是你自己的身体！"

"我尽量！"她说道，语气中略有几分不自信。

老师对我说道："左金丸合柴胡疏肝散加金铃子散。"

黄连10g，吴茱萸5g，柴胡15g，白芍30g，川芎15g，枳壳15g，陈皮15g，甘草10g，香附10g，川楝子15g，延胡索15g。

一共就开了三剂，我开完方子，女孩看了之后很奇怪地问道："别人都是五剂、七剂、十剂地开，为什么我就三剂药？"

老师说道："放心吧，三剂药吃完了再来复查一下！你这是三天的量！"

三天后，女孩前来复诊，来了便对老师说道："大夫，您的药真好使，我喝了一剂药就已经不痛了！现在没有药了，也没什么症状了，您看我还需要喝吗？"

"去买柴胡疏肝丸，切记以后不要随便生气了！"老师看出其已经不想再服用汤药了，于是在病志上写上了药名交代道。

"好的，多谢您了！想不到我几年的病症，竟然三天就好了！"

她离开后，老师对我说："实际上，她这就是肝火犯胃，左金丸清肝泻火，柴胡疏肝散疏肝解郁，金铃子散行气止痛。而且她这个病本身也不是什么实病，再加上年轻，所以才能有这么好的收效。"

陆拾捌 虎撑

家里曾经有一个印着奇怪花纹的“铁环”，拿在手里摇晃就会发出清脆的响声。犹记得小时候它被我当成玩具，那“铁环”在我稚嫩的小手间穿梭，“叮铃铃，叮铃铃”。不论我怎么耍弄，曾祖父都只是在一旁慈祥地笑着。

直到有一天，比我大一岁的小姑姑见我拿的这个“铁环”好玩，也拿了起来，就在她戏耍的时候，曾祖父一声怒喝：“给我放下！是你玩的东西吗？”

吓得她连忙松手将“铁环”放在桌子上，“哇”地一声哭了起来。打那之后我不再敢去触碰那个“铁环”了。

这件事发生的第二天，曾祖父拿着那个不可触碰的“铁环”问我：“琳淋（我的小字即乳名），你知道你玩的这个圈是什么吗？”

我摇了摇头说道：“不知道！但是，我以后不会再玩它了，太爷，你会不高兴的！”

曾祖父摇了摇那个“铁环”对我说道：“这是‘虎撑’啊！当年，你的祖太爷带着我逃荒，摇着这虎撑铃，走街串巷给人看病，就带着一把银针，几个陶罐，一个药篓，小半个东北都走遍了！那年兵乱，中国到处都在打仗，我就记着你祖太爷带着我走啊，走啊，走啊，没有一个落脚的地方，后来听说家里太平了，回到家里一看，家里已经啥都没了！”

“那后来呢？”我瞪着大眼睛看着曾祖父问道。

“后来，我也不记得了！哈哈……”曾祖父大声地笑了起来。

“后来怎么样了？”我继续问道。

祖父笑了笑说道：“这个后来，就需要你去完成了，你看这‘虎撑’，当年药王孙真人遇到猛虎求医，就是用这虎撑撑住猛虎的口，让它不伤到自己，替它拔除了卡在喉咙的骨头，这也是‘虎撑’的由来！你不要忘了！”

后来我才明白曾祖父为什么要呵斥小姑姑，因为家里有规矩，家中医术，传男不传女，传长不传幼，传嫡不传庶。因为一些特殊原因，祖父和父亲都没有接受传承学习医术，曾祖父便把希望寄托在我的身上，想要我来继承家业。

曾祖父在去世前神志已经不清楚了，但是我清楚地记得他向我们索要过他的那个“虎撑铃”，遗憾的是这个器物在我们第二次搬家的时候遗失了，曾祖父为此懊恼了很久。这件事在我的心里留下了深深的遗憾，以至于现在不论走到哪里我都带着一个复古的铃铛，时时刻刻提醒自己，以后要做一个好医生。

陆拾玖 医者八心

曾祖父得知我学习中医之后，他便对我说道："琳淋啊，今后你要记得，大凡医者，须有八心：首当仁义，次为慈悲，再之善良，四言率直，五存多疑，六亦坚定，七欲痴狂，八常较真。我是从你祖太爷那里得来的，今天我把这医者八心传给你，你要时刻牢记，有此八心，上能治国，下可医人。"

"上能治国，下可医人？可是太爷，你说咱家世代行医，就没有什么拿手的绝活或者秘方留下来吗？这八心能干什么？"我皱着眉头不解地问道。

犹记得当年，选择学中医因为得知学医挣得多，更是因为出身于中医世家，认为有一技傍身，在这个社会上就不愁吃喝穿戴了。

听了我的话曾祖父疑惑地看着我，不禁问道："你怎么不明白呢？这医者八心，就是咱们家的祖传秘方啊，咱们家靠着这医者八心世代兢兢业业，本本分分。这就是最好的灵丹妙药、祖传秘方啊！"

"可我不觉得这能治病，您还是教我一些实际的吧！"我摇了摇头回答道，曾祖父很失望。我后来才知道当时我的话对他的伤害多深，我恨自己为什么不能早点明白医者八心的真谛。

曾祖父转过身背对着我，望着天花板说道："医者八心啊医者八心，这仁义当先，要学关云长，挂印封金，千里走单骑，不为那功名利禄；次为慈悲，见到急症重症，一定要伸出援手，救死扶伤；再之善良，要体谅病人的痛苦，就如同自己患病一样，不要因为和病人有嫌隙就不给病人治病；四言率直，不管对方多么权威，你要敢想也要适时敢说，不要因为权威而不敢有自己的想法和观点；五存多疑，你要时时刻刻敢于推翻自己，否定自己，要像曹孟德一样多疑，要知道这疾病变化有时候犹如雷鸣电闪，稍有差池你便会害人性命；六亦坚定，遇到鱼和熊掌的抉择之时，你记住，宁为玉碎，不为瓦全，这是一个中医应该有的骄傲和气节；七欲痴狂，学当以痴，心当以狂，学无止境，以明自身；八常较真，这疾病真真假假，虚虚实实，你要时常记得，天生万物，然后生人，阴阳变化，平秘离绝，若不能常常较真，是不会明白这些的！那所谓的祖传秘方不过是雕虫小技，只要你明白医理医法，那祖传秘方又算得了什么？"

或许直到今天，我依然没有理解医者八心的真谛，但此时我已经知道，这医者八心将一直陪伴在我的身边，在我以后行医的道路上，就像“虎撑”一样时刻警示我、告诫我要做一个好医生。

一天，我独步江边，仰望着天空，想起了曾祖父告诫我的话，自言自语道：“这医者八心，果然是最好的祖传秘方、灵丹妙药！”

后来我根据曾祖父的教诲将医者八心写成了诗，如下：

《医者八心诗》

大凡医者须铭记，常怀救世曰八心。
首学仁义关云长，不屈功名美女金。
次当慈悲存于内，救死扶伤莫等息。
再之善良病如己，莫因嫌节不施医。
四言率直不忌惮，敢说不惧上人语。
五道多疑如孟德，病证善变需参机。
六亦坚定若磐石，如玉宁碎勿可屈。
七欲痴狂以明志，世人笑我何称弥。
八需较真辨实伪，百病无藏法可依。
有此八心存有胸，若非良相便上医！

柒拾

在家与出家

老师曾经治过一个肝郁气滞的患者，肝郁气滞本身没有什么特殊的，特殊的是这个肝郁气滞的患者是一个尼姑。在我的印象中，出家人六根清净，四大皆空，肝郁气滞这类病因是根本找不到他们的，所以我感到很奇怪。

这位尼姑一出场给人的感觉就不像是出家人，她的神情就像是谁都欠她钱一样。老师一边给她切脉一边问道：“师傅，你最近哪里不舒服？”

“这两个肋巴扇疼，厉害的时候疼得像炸了一样！”她一边比画着自己的胁肋，一边说道。

老师接着问道：“嘴里有没有苦味，头晕不晕？”

她回答道：“有，早上一起来嘴里就满是苦味，头倒是不晕，但是沉！最主要是生气的时候总是拉肚子，这是怎么回事？”

老师回答道：“用我们中医的话来讲，这是肝木乘脾了！你这个病并不难治，主要是调整心情，少生气，师傅是出家人，这个不用我细说了，你应该能懂的，吃点汤药吧！”

她回答道：“行！大夫你说得挺对，但是庙里面事太多，前两天又被盗了，我这也没办法啊！”

老师接着对她说道：“你就想那都是身外之物，不必挂念就行了！”

但从神情上去看，她应该是没听进去，老师用痛泻要方合柴胡疏肝散，正对她的病证。

她第二次来的时候，从神情上来看已经好多了。老师询问了她的症状，果然，其两胁肋已经不痛，而且泄泻的次数已经不像之前那样频繁了。这次她还给老师带来了一串佛珠，跟老师说：“阿弥陀佛，主任，这佛珠是开过光的，能够保佑你平安无事。”

老师本不想收，无奈她盛情难却，一个劲儿地递给老师说：“这就是一点小小的心意，平常人求不得的！”

听到这里我突然来了兴致，我替老师接过佛珠，然后对她说道：“这样，这个佛珠我们收下了，但是来而不往非礼也，我老师也没准备什么，我送你一首诗吧！”

我也没念，写了下来递给她，我估计她也不会看。开过汤药，她便离开了。

下午没人的时候老师问我：“你上午给她写的什么诗？念

给我听听。”

我捂着嘴偷笑了一下说道：“老师，你真要听吗？”

“快点念念！”老师急切地催促道。

我清了清嗓子说道：“咳咳，就是个打油诗。我念了啊！开光不开光，全凭口一张。心存真善美，何须庙烧香。僧衣藏情欲，无意念金刚。在家与出家，其实都一样！”

“哈哈……在家与出家，其实都一样！你这简直了！说你什么好呢？”老师指着我一边笑着一边说道。

柒拾壹

沁园春·雪

江城是一座群山环绕、碧水锦绣的城市。龙潭山、白山、朱雀山、北山四座山，分别在东、南、西、北四个方位，象征着青龙、白虎、朱雀、玄武，松花江横跨中央，将城市一分为二。从天空鸟瞰，俨然一个天然的太极图。老辈们都说，江城是一个风水宝地。

每周六上午老师都会带着我去分院出诊，分院在江城下属的一个县城，每次去都会路过江边。

严冬时节，天然的雾凇挂于江边的垂柳、白杨上，整个世界一片纯洁。我乘车从江边出发，由于雪天路滑，车子只能缓缓前行，我正好细细欣赏这美景。

冬日的松花江依然波涛汹涌不减夏日。江面上过冬的水鸟成群结队地在江中觅食，有时候一飞冲天，有时候猛然入水。我的脑海中思绪万千，滚滚松江东去，奔流向海不复还，就如同历史长河一样。

每次坐车的时候，我总喜欢拿出书来打发时间，一本《中医各家学说》被我拿在手里翻了又翻，从伏羲创造九针开始，针起大数以应天地之道；到黄帝岐伯著《灵枢》《素问》，中医乃有理论之根源；神农架炎帝尝百草，为寻粮食、草药，日中七十余毒；神医扁鹊一句“信巫不信医者不治”，从此巫、医分道扬镳；东汉仲景《伤寒杂病论》创六经辨证，开亘古先河；张元素临易水总结脏腑辨证与性味归经；河间刘完素创火热论；温病叶、薛、吴、王以天地疠气为病，直到汇通，欲结合中西，互参互用……

这些就像是电影胶片一样在我脑海里不断地闪过，追忆先贤而思今日，忽然有了创作的欲望，放下书开始思索，我第一时间想到的就是毛主席的《沁园春·雪》，于是拿出手机打开记事本，望望松花江，想着古代先贤，写下下面这首词：

沁园春·雪

北国山河，万里松江，百跨钢桥。
观雾花冰雪，白银皑皑；碧波荡漾，长堤拦腰。
数九寒天，争流怒上，一年冬日尽汹涝。
欲驻足，观凇城锦绣，仿若绫缥。

风光无限美好，忆精诚大医行涛涛。

昔伏羲九针，轩岐灵素；神农尝草，卢医大道。
仲景六经，洁古易水，河间温病汇通拗。
曾记否，悉中华医学，我辈应邀。

柒拾贰 麻黄

临证治疗哮喘老师比较常用的是麻黄，麻黄被称为喘家圣药，又被称为发散风寒第一要药。其功用一般有三：发汗解表，宣肺平喘，利水消肿。

一般发汗多用生麻黄，治疗喘证多用炙麻黄，老年人和儿科则常用麻黄绒，治疗水肿时亦选用生麻黄适大量。

发汗解表的时候多用生麻黄，生麻黄发汗能力较强，凡风寒袭肺所致咳喘等，皆可使用生麻黄，量不宜大，一般3g到9g即可。麻黄其本身发汗能力较强，量大容易伤及津液，导致外邪内侵，由寒化热。

在治疗咳喘的时候可使用蜜炙麻黄，麻黄蜜炙后，发汗能力大大削弱，但止咳平喘的能力大大增强。临床多配杏仁，一宣一散，使肺恢复宣发肃降之功能。因为麻黄药性较为峻烈，杏仁较为柔和，故临床上有“麻黄以杏仁为臂助”的说法。亦可配五味子，一散一收，相反相成，亦有良效，仲圣早在小青龙汤中就用麻黄配伍五味子。遇到哮喘兼有肺热之时，可使用石膏泻肺火，亦可加知母、黄芩等，还可直接用定喘汤加减。

临床中也经常碰到体质较弱的老年人与身体尚在发育的儿童，可使用麻黄绒，麻黄绒的力量较为缓和。老年人身体孱弱，生麻黄发汗能力强，容易导致老年人津液亏虚严重，甚至可导致亡阳、亡阴等，故使用麻黄绒较为安全。而儿童为纯阳之体，易虚易实，易寒易热，传变极快，且单纯的寒证较少，即使受寒也极易化热，故使用麻黄绒，较为缓和的同时也安全，儿童不能过于发汗。

治疗水肿的时候，麻黄必须大量使用，否则无效。麻黄主要治疗阳水，即上半身水肿明显属于风水相搏者，或表证导致的头面四肢水肿，或水肿兼有表证者均可使用。麻黄治疗水肿主要从两方面发挥作用：第一，汗解。麻黄可以温肺开腠，使水气由玄府而出，起到利水消肿的作用。第二，由二便解。麻黄宣发肺气，肺与大肠相表里；另外，肺主气、司呼吸，为水之上源。这便是中医治法中被称为“提壶揭盖”的治法。麻黄治疗水肿的时候不可低于 15g，根据药品质量的不同，最高可用到 45g。

以上是老师使用麻黄的部分心得，由老师口述，我代为整理。

柒拾叁

荆芥与防风

老师说临床善用药者多使用对药。老师在治疗风寒表证的时候，使用荆芥与防风这对药的频率要远远高于麻黄。二者均可发汗解表，防风作为风药之润剂，不但能疏风解表，亦有助脾而升阳的作用，但发汗的力量不及荆芥；荆芥性亦平和，既可宣散风寒，亦可用于风热。老师曾说，荆芥、防风像是“墙头草随风倒”，如配伍辛温解表药，可用于解风寒表证；如果配伍辛凉解表药，又能用于解风热表证。事实上，荆防败毒散不但可以用于风寒感冒，对于风热感冒亦有疗效。

荆芥，辛，微温，入肺、肝经。不但可以发汗解表、宣肺透疹，亦有止血的功效。一般来说治疗表证多用荆芥穗，解毒透疹多用荆芥，止血多用荆芥炭。在治疗风寒的时候，可配伍防风、紫苏叶、生姜等。而治疗风热的时候，可配伍柴胡、薄荷、浮萍、金银花等。在透疹止痒时，治疗瘾疹风疹的时候，可配伍蝉蜕、葛根、西河柳等；治疗瘾疹入血分的时候，可配伍赤芍、黄柏、生地黄等凉血止血、清热解毒的药物。除此之外，亦可治疗湿疹、疥疮、痒癣等。在止血的时候，宜用荆芥炭，可用于痔疮便血，配伍地榆炭、槐花炭等。治疗经量过多、崩漏的时候，可配伍蒲黄炭、血余炭、棕榈炭等。一般来说荆芥使用正常解表药的药量 3g 到 9g 即可，治疗血家诸证的时候，可使用至 30g。服用荆芥的时候，切忌鱼、蟹等海物。

防风，辛、甘，微温，入肺、肝、脾、膀胱经。除了解表外，防风能够胜湿止痛、祛风止痉。用于解表的时候和荆芥的配伍大致相同。防风常用于治疗风寒湿痹，以及周身骨节疼痛、项背疼痛、四肢拘挛等，常与羌活、独活、威灵仙、秦艽、伸筋草、路路通、海龙、鸡血藤、肿节风等配伍使用。除此之外，在用于祛风解痉的时候，可配伍僵蚕、蝉蜕、钩藤、全蝎等。尤其在配伍全蝎的时候，防风能够大大增强全蝎解痉的功效。另外，防风入肝经，对于肝风内动或肝郁气滞亦有疗效，例如朱丹溪的痛泻要方便是使用了防风的这个特性。除此之外，防风与黄芪、白术配伍能够增强免疫力，这是由于黄芪固表而防风发散，二者相反相成，又有白术助脾气，而并非防风本身拥有提升免疫力的功效，这点一定要注意。另外，防风能够解附子毒，使用附子的时候，少量配伍防风能减少附子的毒副作用。阴虚火旺者不宜使用防风。

总之，荆芥、防风治疗外感的时候，要比经方常配伍的麻黄、桂枝等更加出彩好用。切记使用荆防治疗感冒的时候，一定要佐食热粥以增强药性。以上是老师使用荆芥、防风的部分心得，由我代为整理。

柒拾肆

神农尝百草

小时候，曾祖父最爱给我讲的便是神农尝百草的故事。曾祖父讲，传说神农为了寻找可以耕种与治病的药物，以身试药，亲自到神农架尝草，日中七十余毒。一次，在食用了一种未见过的果实后腹痛难忍，蜷着身躯在地上痛苦地打滚，随意抓了一把树叶放到嘴里吃了下去，竟然奇迹般地痊愈了。后来上天怜悯神农尝草之苦，赐予其打草鞭，挥鞭击草，各类草木便显示出不同的颜色，红则为热，蓝则为寒。后来人们根据神农的记录写下了《神农本草经》这部药物学著作。直至今天,《神农本草经》的大部分药物依然在临床中广泛使用着。

故事听着神奇，但神话故事总是虚构的成分多一些，而曾祖父却总是亲自去尝饮片确定药性，也有几次因为中毒被抢救过。记得祖父给我讲，曾祖父曾经亲自去尝细辛，从 3g、5g、10g 到 15g，服药 15g 的时候，他笑着说：“谁说细辛不过钱，我都用了三钱了，也不见有事。”十多分钟后，曾祖父便意识不清醒，被祖父发现后，急忙叫“120”，送到医院洗胃，直到次日才恢复了意识。祖父讲当时他十分生气曾祖父的行为，并劝谏他不要再以身试药，曾祖父微微苦笑了一声，说了一句：“我总不能让患者去试药吧，那不是医者的行为！”

还有一次祖父讲曾祖父服用狗尾草的事情。因为当年缺医少药，曾祖父曾经多次仿效神农，去山上、野地寻找能够代替稀缺药品的药物。听说狗尾草能够利水消肿，曾祖父带着镰刀背着篓筐亲自上山采了一大堆狗尾草回来，当晚便开始熬水服用，喝得后来小便频频，折腾了一天一宿才消停。不过曾祖父通过反复试验，确定了狗尾草的用量，后来这狗尾草便成了曾祖父治疗水肿时经常使用的一味草药了。

除了喝药，曾祖父还经常在自己的身上用针。祖父讲曾经曾祖父为了练习“烧山火”和“透天凉”，足三里穴和合谷穴不知道被扎了多少针，最终功夫不负有心人，“烧山火”被成功“复制”出来，可是“透天凉”的效果却怎么也无法再现，这也成了曾祖父的遗憾之一。

在从祖父的口中不断得知曾祖父的一些事迹后，我受到了很大鼓舞。曾祖父曾在笔记上写过浮萍强心的作用，我便购来了一些浮萍，另外又买了一些大青叶，备解毒之用。在尝试到 30g 的时候，心脏产生了强烈的感觉，心率明显加快了，由之前的每分钟八十次左右增至每分钟一百零几次，而且胸口出现了明显不适感。我急忙服下已经熬好的大青叶汤汁，大约一个小时后，心率才恢复正常。这样的试验让我深受启发，药物是寒是热，入表还是入里，如果不亲自去尝又怎么会知道呢？

神农氏不是某个人的形象，而是千千万万个医家在不断试药和临床总结后的一个象征，更是无数中医人前仆后继的缩影。

柒拾伍

整体观

老师说："中医学是我国古代劳动人民在长期的生产和生活实践中，在与自然做斗争的过程中总结而形成的。所以说中医离不开生活，生活中也处处有中医。像一些民俗谚语中就有很多中医的知识，比如'冬吃萝卜夏吃姜，不用医生开处方'。你可能不知道，东北的老辈人家家都用樱桃泡酒．治疗冻伤效果相当好！你不要把中医看成阳春白雪，但也不要把中医看成下里巴人。中医既有高深的一面，也有简易的一面，就像阴阳。"

我问道："那中医高深的一面又是什么？"

老师说："宋代富足，人人畏死，当时局方盛行，百姓随手可得，便有‘男用六味，女用金匮’的说法。老百姓照着局方自己用药，大夫也不研习医理，胡乱开方。正是因为老百姓不懂得中医的医理，认为中医简单易懂，于是才会个个补益过度，身体反而羸弱不堪。而当时刘河间反其道而行之，正因为你补益过甚，于是体内便有‘虚火’或者‘实火’，我只要把这些‘火邪’清除，必能收到良效，而刘河间也确实因此成了一代名医。”

我继续问道：“这便是刘河间高深的一面吗？”

老师回答道：“并不是，事实上这样的理论是不完整的，也是非常片面的，以至于其后来自己外感伤寒却依然用寒凉药医治，最后卧床不起。张元素千里迢迢赶到他那里为他诊病，起初他并不待见这个破衣烂衫的年轻人，转过身不搭理他，而张元素却对他讲了自己对中医的见识和理解，并开出方药，刘河间一剂而愈。从此河间与易水两派争鸣、互补不足，成为一段佳话。”

我继续问道：“那这是张元素高深了吗？”

老师说道：“事实上，我想和你说的是，中医的医理就像阴阳一样，不能一味地求简便，更不能一味地求复杂，不能一味地投寒凉剂，更不能一味地用温热药，应当以整体为根本，树立一个整体观。把人看作一个小宇宙，一个小自然，既有不温不热、不寒不凉的基本条件，又有春夏秋冬这样应有的变化以顺应自然。明白孤阴不长，独阳不生，这就叫既简便又高深，既阳春白雪又下里巴人。我们要做的就是阴平阳秘，趋于相对的平衡，这便是我今天要告诉你的整体观念！”

柒拾陆

天地一体

老师说:“我问你，天和地是什么关系?”

我说道:“天为阳，地为阴，天地是对立的!”

老师说:“不对，并不全面!”

我继续说道:“那天与地是相互依存而又相互对立的?”

老师说道:“你说天地对应于阴阳，这是对的。又说了，天地对立，相互依存也没错。最重要的一点你没有说出来，事实上除了对立和依存，天地也好，阴阳也好，是统一的。中医认为，自然是相互影响、相互作用、相互依存的，绝不是孤立的个体。古人因此创立了四时五运六气学说，来证明天地之间的关系。”

我问道:“这个我略知一二,四时是春、夏、秋、冬，五运是木、火、土、金、水，六气是风、暑、湿、火、燥、寒。又以天干地支相配，六十年为一循环。但是这样变量已经被规定好的理论，能够算一些诸如疠气、灾难吗?”

老师说道:“所谓天地一体是什么?事实上你会发现，四时五运六气学说是太阳、月亮、地球之间公转和自转相互影响的结果，因为古代人没有天文望远镜，所以这是一个通过长期观察而得出的结果。不同时代的历法是不同的，而我们目前使用的五运六气学说是唐代王冰根据已经丢失的《黄帝内经》的五运六气部分补校的，所以应当使用唐代的历法对五运六气进行推算，而唐代的历法和目前的历法却大相径庭，所以这个能够推算的变量被打破了，只能根据天干地支，以六十年一甲子作为一个框架进行推算，这就相当于削去了五运六气的推算能力。而事实上，五运六气本身也是不能推算出像是疠气啊，或者灾难一类东西的。拿明朝举例子，我认为明朝事实上亡于灾难，如干旱和鼠疫等大灾难，宫廷中的太医或者星象学者他们应该都会推算五运六气，如果五运六气真的能推算出这些，明朝又怎么会灭亡呢?”

我继续问道:“那么五运六气究竟能做什么?”

老师反问道:“知道二十四节气吗?会背二十四节气歌吗?”

我回答道:“这个我小学就学过!春雨惊春清谷天，夏满芒夏暑相连，秋处露秋寒霜降，冬雪雪冬小大寒。每月两节不变更，最多只变一两天，上半年来六廿一，下半年来八廿三。”

老师说道："这便是五运六气中的一部分啊！像我们小时候背的，立春阳气转，雨水沿河边，惊蛰乌鸦叫，春分地皮干，清明忙种麦，谷雨种大田；立夏鹅毛住，小满雀来全，芒种开了铲，夏至不拿棉，小暑不算热，大暑三伏天；立秋忙打靛，处暑动刀镰，白露烟上架，秋分不生田，寒露不算冷，霜降变了天；立冬交十月，小雪地封严，大雪河叉上，冬至不行船，小寒近腊月，大寒整一年。"

我说道："确实，五运六气运用了二十四节气，初之气大寒至春分，二之气春分至小满，三之气小满至大暑，四之气大暑至秋分，五之气秋分至小雪，终之气小雪至大寒。"

老师说道："没错！所以什么是五运六气？事实上五运六气就是预测天地之间大致的气候变化，也就是在天地之间相互影响、相互联系、相互依存的变量中总结出来的规律。像疠气，吴又可说瘟疫非风非寒，非暑非湿，非六淫之邪外侵，而是由于天地间存在的一种异气感人而至，与伤寒病绝然不同。而伤寒是什么？伤寒病就是在正常的六气作用下因为衣着、饮食、环境及其他人为因素等，感受天地间风、寒、暑、湿、燥、火所产生的疾病，这样的疾病在一定情况下是可以运用运气学说进行预测的。而疠气则不然，它是反天地之间规律产生的一种六淫之外的病邪。所以疠气是不能预测的，它是超出天地一体规律之外的特殊变量。"

我说道："老师，所以说预测流感、地震什么的都是谣言吧？但是有时候也有预测准确的啊！"

老师回答道："你想想，一年就那么多天，中国有13亿人，就算只有365人，每天都有不同的人说今天有灾难，总有蒙对的时候吧？古人根据五运六气也就是天地之间的规律预测天时，以安排农作物种植时间和做好生活方面的准备措施，以此来适应自然，和自然做斗争。用五运六气结合卫星做出的天气预报，将来应该有发展前景，以预防为主，及时推送到现在的智能手机端，让人们及时做出防范。现在的一些天气预报软件已经做得相当好了，但是距离完善还有很长的路要走。中医的根本之一不就是‘不治已病治未病’吗？所以以后这也是一个发展方向！”

柒拾柒

五脏一体

老师说：“中医认为天地是一个整体，事实上人体也是一样的。组成人体最主要的五个脏器便是肝、心、脾、肺、肾，藏象不是一个个体，而是一个整体！这点你要时刻牢记。中医认为，肝、心、脾、肺、肾以外的一切人体其他组织，都是围绕着五脏而生成的，而五脏又以心为中心，所以心又被称为君主之官。每一个脏器都有所属的腑，比如心与小肠相表里，肝与胆相表里等。这些你在课堂中学习《中医基础理论》的时候都会讲到，今天就当帮你复习了吧。”

我说道：“五脏也可代入五行学说，比如肝属木，心属火，脾属土，肺属金，肾属水。五脏之间如同天地一样，也是相互克制、相互依存、相互关联的。”

老师说：“是的，但是五行又不能单纯地概括五脏。比如，肝的主要功能是疏泄，却能影响除了肝脏之外的其他功能，例如血液的运行、津液的布输、脾胃的运化、胆汁的分泌、情志调畅与否、男女的生殖等，都受到疏泄功能的影响。再比如，心为五脏六腑之大主，作为君主之官，能够影响所有脏器的功能，这就已经脱离五行了。所以五脏和五行虽然相互关联，后来随着中医理论及疾病变化的发展，五行之间的关系已经远远不能满足于解释藏象学说了。所以说，藏象不但融合了五行学说、六气学说，同时也容纳了古人对于人体规律的一种探索，这实际上类似于黑箱子理论，却又和黑箱子理论不大相同。”

我问道：“这又是为什么？”

老师回答道：“事实上，原本的中医是有解剖的，中医五脏六腑的确立也是根据解剖所创立的，直到后来中国古代形成了一些古代伦理学，比如身体发肤受之父母，尊重先祖，尊重遗体，等等。中医解剖学受到了前所未有的打击，最终没有形成体系。宋代以后，在理学、廉学等学说的影响下，解剖彻底成为一种奢望，这时候的中医就由灰箱子理论转变成了黑箱子理论，也因此变得相对哲学化了。但是不论黑猫白猫，抓到耗子就是好猫，我们虽然不能开箱验证，但是这也成就了今天中医的不同，让中医理论更加灵活，治病的方法变得多种多样。尽管如此，条条大路通罗马，不论怎么样，要以为病人减轻痛苦为第一前提！你明白了吗？”

“我明白了！”

柒拾捌

乳香、没药的临床用法

老师说在临床中乳香、没药也是经常放在一起使用的，但很多人却从未想过这究竟是为什么。乳香性温，味辛、苦，归心、肝、脾三经；没药性平，味辛、苦，也归心、肝、脾三经。二者功效相近，皆能消肿生肌，但不同的是，乳香能活血行气止痛，没药则化瘀止痛。这一个差别便是天壤之别。现代中药学把乳香、没药定了三个归经，而事实上古代乳香、没药是归十二经的，也就是说乳香、没药十二经无所不入。而《本草分经》则认为乳香入十二经的同时主入心经，没药则只是入十二经而没有固定的归经。

我曾经不是很喜欢使用没药，因为在临床中我发现，单独使用没药经常会让患者起过敏反应，有些患者便会循经出现一些小疙瘩。但是没药的止痛效果确实很强，在胸痹心痛患者的方中加入乳香多有良效，这也让我很是犹豫。后来我发现，少量加入乳香便能大大减少过敏反应的发生。我曾经试过单独使用乳香，同样剂量的乳香临床效果不如没药。所以我得出这样的结论：乳香、没药共同使用的时候，乳香的其中一个作用可能是作为引药将没药引入心经，不让没药在十二经脉中乱窜。

另外，从乳香、没药的功效中看出，乳香的主要作用是活血行气止痛，没药则是化瘀止痛，二者一个主要作用于气，一个主要作用于血，气血相互呼应，互为相使。

临床中我用乳香、没药这对药物主要是治疗胸痹心痛，对于属于瘀血阻络证、气滞血瘀证等证候的胸痹心痛有着较好的疗效，临床可配伍加味失笑散等。除此之外，我亦用乳香、没药治疗筋肉劳损，临床可配伍地龙、川芎、红花、木瓜、当归、红花等。

外科也经常使用乳香和没药，但是因为我临床治疗外科疾病较少，所以没有多少经验，但是我知道这两味药在跌打损伤、疮疡痈毒等方面使用也较为广泛。这个应该作为一个扩展知识了解，万一哪天真的能够用上呢？

柒拾玖 胸满痛

患者，男，35岁，自述胸部胀满疼痛，憋闷难忍，已经三年有余，每逢冬日加剧，并伴有咳嗽、气短、四肢厥冷、畏风畏寒等症状。老师切脉后，在病志本上写上“沉细”。综上所述，我自己断定，应该是阳虚寒盛，病位在心肺。

老师给出的方子是温肺汤加减：红参6g，清半夏10g，干姜10g，陈皮30g，木香15g，炙甘草10g，肉桂10g，乌药30g，阳起石15g，细辛3g，瓜蒌10g，薤白10g，黄芩10g，栀子10g。

老师对我说：“实际上这个患者就是单纯的虚寒，只需要散寒助阳便可。因为怕本方过热，所以要加一些清热的药物相反相成，使方子不过于燥，以防止矫枉过正。”

患者，男，41 岁，自述胸部胀满疼痛，气短，两肋胀痛，一月有余。起因是与人口角，大怒。平素大便不成形，有嗜酒的习惯。老师切脉之后，在病志本上写上“弦滑”。根据老师所给的信息，我个人认为是肝脾不和。

老师给出的方子是柴胡疏肝散合补中益气汤：陈皮 15g，柴胡 10g，枳壳 15g，川芎 15g，香附 15g，白芍 15g，甘草 10g，黄芪 50g，白术 15g，升麻 15g，当归 15g，红参 10g，佩兰 15g，藿香 15g，砂仁 10g。

我很奇怪，问道：“老师，为什么泻气的同时还要补气？而且我认为他应该是肝脾不和吧？”

老师说：“你只知其一不知其二，治病务必求本，他平素脾气不足，只是因为一次暴怒而气滞于胸腹及两肋，所以要泄气；但是同时也要补其本身的不足，所以要补气，同时也要祛湿醒脾。而事实上，单纯使用补中益气汤也是有效的，但是效果要慢一些。”

上述两个病例虽然皆为胸满疼痛，但第一个病例为单纯的阳虚寒盛，病位在肺；而第二个病例为平素脾气亏虚，加之大怒所致，病位在脾。

老师说：“不同的疾病，只要证候相同，便可使用同样的思路；而相同的疾病，如果证候不同，便不能使用同样的思路。这就是异病同治和同病异治。”

捌拾

温胆汤

“温胆汤中苓半草，枳竹陈皮加姜枣，虚烦不眠证多端，此系胆虚痰热扰。”

早上，我来到诊室，前脚刚进门，后脚老师也进来了，也不知道为什么，老师忽然想起了温胆汤，并且让我背诵。温胆汤作为常用的方剂，我背诵自然是没有问题，张口就来。

无巧不成书，我们刚刚换上白大衣，一位患者在家属的陪同下走了进来，因为还没有上班，所以她也没有挂号。她的神情有些恍惚，一直用左手掐着腰，右手捂着头，满脸痛苦的表情，眼神中没有一丝光泽。

她直接坐在椅子上，对老师说道：“主任啊，你救救我吧！我好久没有睡过觉了，天天吃安眠药，都不好使了！求求你，救救我吧！”

通过问诊得知，其有严重的胆囊炎，已经被医生建议手术，这令她十分恐惧，因此寝食不安，已经失眠了将近一个月了，辗转了多家医院及个人诊所均无效。每天最多只能睡一个小时。因为失眠，以致头昏目眩，精神恍惚，食欲不振。老师切脉后，在病志上写下“弦细沉”。观其舌色较淡，舌苔白腻，面色无华，唇无血色，一副虚弱之象。老师让其补号，并为其进行诊治。

老师认为她的一切病状皆因为胆瘅而来，因其胆气不足兼有肝血虚所致，故当养肝血、补胆气。

方药为温胆汤合四物汤加减：茯神 30g，清半夏 10g，陈皮 30g，甘草 15g，枳壳 15g，酸枣仁 15g，远志 15g，川芎 15g，当归 30g，白芍 15g，生地黄 30g，丹参 15g，刺猬皮 15g，乌梅 10g。

一周后，患者前来复诊，神色已经有了明显的改善，她欣喜地抓着老师的手说道：“主任，您的药太好使了，我吃了两天就能睡三四个小时了，您再给我调调，看了这么多家就您的药好！”

老师切脉之后，点了点头说道：“再吃一周吧，你这个情况至少也得吃一个月！”

“您能让我睡着觉，别说一个月，吃半年都行！我快被折磨疯了！”

老师酌情去掉远志，改用琥珀粉 10g，将生地黄换成熟地黄，依然保持 30g，并且加了 30g 黄芪。

又一周后，患者口述已经能保持六小时左右的睡眠了，其间没有服用任何西药，面色已经有了较大的改善，唇色已经微微泛红。我们原方不变又给其开了两周的药，并嘱咐其吃完汤药后改用中成药。

捌拾壹

中医该有的沉着

我发自内心地佩服老师，因为她对待每一个患者都能够做到耐心讲解，不厌其烦。而我就做不到，遇到一些“磨叽”“嘎咕”“隔路”“格楞子”的患者，我甚至明面上表示过不满。

记得刚给老师打方不久，有一个患者刚刚挂号，便想要插队，要知道每天找老师诊治的人不少，如果都这样插队的话，岂不是乱了套了。我马上表示不行，并且制止了他的行为。接下来他就开始了反复不断地问多少号了，每看完一个他都得过来问一次。差不多问到十次时，我终于耐不住性子站了起来，刚要开吼，老师一把将我拽住了，生生地将我拉回了凳子上，然后跟那个患者讲让他在门口等着，到了他就会叫他，不会差他的。可能是因为我的愤怒以及老师的和善，他乖乖地在门口等着，直到轮到他看病为止。

事后，老师对我说：“你还是太年轻了，以后在这坐着什么样的人都能遇到的，如果都像你这样直接站起来横眉怒目的，你就是医术再高也得坐冷板凳！”

在县城分院出诊的时候，碰到一个女患者，就一个在医院煎药还是自己煎药的问题，“磨叽”了我将近半个小时。我学着老师的样子，耐着性子陪着她开了删，删了开，我甚至一度觉得她是在故意耍我玩，后来她还是要求开煎药费在医院煎药。就在我们又看了几个病人之后，她又回来了，跟老师说还是自己煎药吧。我手上刚接过一个患者的病历本，准备开方下诊断，听到她这么说我眉头一皱，把病历一甩，刚到嘴边上的不礼貌用语已经在唇齿周围打转了，但我长舒了一口气坐了下来，一言不发。老师看了看我微微一笑，对她说：“去药房退！”

就在昨天，我碰上了一个想要插队，被我拒绝后把病历本摔在我脸上的人，我脱了白大褂想要动手，老师没有说话，看着我轻轻地摇了摇头。我坐了下来瞪了那个人一眼，他没再说什么急忙离开了。

还有一个老太太，她每次来都不开药，每次来就是和老师“唠嗑”，说很多没有用的东西，还让老师给她推荐一些保健品，我觉得她就是在耽误其他患者的时间。因为来我们科的患者几乎都是比较严重的患者，老师的诊治时间也是异常宝贵的，我不止一次地劝过主任，我说涨涨挂号费吧，能有效避免这样的患者，真正来治病的患者不差多几块钱挂号钱。至今为止老师的号只涨过两次，一次是她升到副主任医师时涨了两块，一次是她升到主任医师时涨了两块。而目前她的挂号费也仅仅只有七块钱。

然而老师却说：“你说的也许对，但是有很多患者真真正正的就是差这几块钱啊，我可以学着其他人，把挂号费涨到三十、五十，甚至一百，但是你想想，这样的话就把一些真正需要治疗的穷人挡在门外，而那些不差钱的有钱人可能就会多了。综合利弊吧，不能因为极个别人挡住其他真正需要治疗的穷人，所以能不涨就不涨了。当然，除非医院强制性地给我涨价。所以这个最便宜的省名医还是当得的。”

有一次我笑着打趣道：“老师，你可能是全国挂号费最便宜的省名中医了。不，可能是全世界挂号费最便宜的省名中医了。”

老师告诉我：“称号是别人给你的，千万不要把它当回事，患者夸你，那是因为他有求于你，如果你因此自满的话，那么你的医术也就到此为止了。另外作为一个中医，你必须要沉着冷静，泰山崩于前也要面不改色，端正自己的心态。先治好自己，然后才有资格给别人治病，多磨炼磨炼吧。你还是太年轻了！当然，如果一个年轻人不会冲动，没有热血了，他也干不成什么事。所以这就是一个消长平衡的过程，阴阳之道也正是如此。”

捌拾贰 补中益气汤

补中益气汤也是老师经常使用的方子，治疗的疾病也非常广。汤疗内伤病尤其是脾胃病，补中益气汤是首选。

老师曾治疗过一个产后虚热不止已经两个月有余的患者，该患者的体温始终维持在37.5℃左右，老师见她面色㿠白无华，神色倦怠，脉虚弱，舌色淡苔少，舌整体偏瘦。便使用了补中益气汤加减，仅仅两周患者的持续低热便痊愈了。

老师说："患者因为生产而大伤元气，内伤发热，当使用甘温除热法进行治疗。患者以气虚症状为主，所以选用补中益气汤。"

还有一个重症肌无力患者，在南方名医处求方后，回到本地四处跑遍了也抓不齐方上的药物，便来找我老师寻求帮忙。老师看过方子之后说道："这方你在北方抓不齐的，现在有两种办法，要么你在网上看看，要么我重新开一个方子。"

患者说："大夫，我也不会网购啊，你就帮我重开一个方子吧！"

老师以补中益气汤为底方，重用黄芪到200g，又增加了乌药、小茴香、干姜、肉桂、附子等温热药，以及生地黄，并重用生地黄到50g。

老师说："重症肌无力实际上可以对应上中医的痿证，以气虚为主，不论谁治，黄芪都是必不可少的药物。之前的药方上，像垂盆草、健力草、追风伞、竹节七，在我看来没什么太大的用途，就是在南方，我相信这些药物也不是常用药，除了难为患者，没什么值得夸赞的，还不如多上几十克黄芪效果来的好。你要记住，治病尽可能用常用药，但是也可以探索使用一些其他的药物，因为有时候常用的药物可能因为用量过大而价格上涨，所以这时候一些不常用的药物可以用来发挥作用。比如银柴胡、胡黄连贵的时候，我就用十大功劳叶代替这两味药。西洋参价格较贵，对于一些经济困难的患者，我就大量使用人参叶代替。"

老师还用补中益气汤加减治疗甲减的患者，在补中益气汤的基础上以补阳药为主，如葫芦巴、巴戟天、肉苁蓉等。若出现水肿，老师则重用玉米须，大剂量可达150g。

老师说："甲减在中医看来便是阳气亏虚的表现，一般来说原发性甲减较碘 -131 治疗后出现的甲减好治，但是碘 -131 治疗后的患者需要看甲状腺腺体的破坏程度，需要结合甲功和彩超的综合结果来看，破坏程度较低的是能够做到临床痊愈的。"

捌拾叁 咳嗽的病位

老师说："咳嗽的原因有很多，咳嗽的病位根本在于肺，肺气上逆是咳嗽产生的主要原因。所谓'有声无痰为咳，有痰无声为嗽'，实际上一般来说，二者都是合并出现的，所以叫咳嗽。而单独出现咳这个症状的称为干咳。咳嗽的主要原因在于肺，肺主宣发肃降，由于各种原因，肺的气机不利，又因为气为阳邪以清扬上升为主，所以产生了咳嗽。咳嗽的原因不只在于肺，《内经》上说'五脏六腑皆令人咳，非独肺也'，正是此理。对于咳嗽，临床需要查其根源，不可一味地责肺。"

我问道："那么临床治疗的时候，怎么才能辨别咳嗽的病位呢？”

老师说：“举例来说，我曾治疗过一个因为胃病而咳嗽的，那个患者我记得大约 25 岁，患有反流性食管炎，每天早上起来都要咳嗽一阵子，甚至咳嗽昏厥过，在治疗他的时候，我根本没有使用一味止咳药，只是用了黄连泻心汤加减，后期又用了养胃汤调养脾胃，咳嗽便痊愈了。这个人的症状是咳嗽吗？当然是咳嗽，但是是因为胃液反流到了气管，造成气管痉挛所产生的咳嗽，所以临床只需要将他的反流性食管炎治好便可以了。这个患者不论你用多少止咳药也不会有好的疗效。”

“还有一个患者因为一次发怒，咳嗽不止，我从患者家属那里知道他平时就爱生气，四诊后确定其为肝风内动，他的咳嗽是因为肝的疏泄功能出了问题，导致肝木侮金，气机上逆而咳，这时候只需要镇肝熄风就可以了。我用天麻钩藤饮，仅仅三剂就基本痊愈了。

“辨别咳嗽的病位其实很简单，看咳嗽的持续时间和出现时间，看主要症状是否在肺就可以了。辨证论治很重要，辨病论治也一样重要，千万不要排斥现代医学的检查手段，你能用肉眼或者号脉辨别反流性食管炎吗？这时候做个胸片最直观了，如果胸片无异样，那么就要找其他原因了。”

我说道：“那这样究竟算是中医还是西医，抑或中西结合？”

老师说道：“现代医学的检查手段是科技进步的成果，任何人都可以用，西医可用，中医亦可用。只要核心思想还是整体观念和辨证论治，那么不论怎么使用现代的检查手段，中医还是中医，中医的核心是思想，而不是技术！”

捌拾肆

赤石脂和石榴皮的临床应用

在治疗泄泻与崩漏的时候，老师经常把赤石脂作为主药来使用。

赤石脂是一种天然矿石类药物，为红色多水高岭土。其味甘、酸涩，性温，去除杂质后研粉入药，亦可水飞入药。有收敛固涩、敛脱止泻、止血止带等功效。

因其性温，对于脾胃虚寒、腹中冷痛所造成的泄泻下利有良效，一般配伍干姜、小茴香、乌药、补骨脂、吴茱萸等温里药，可增强其止泻的功效。在《伤寒杂病论》中，桃花汤的组成便是赤石脂、干姜、粳米三味药物，用来治疗虚寒血痢。

对于因为虚寒造成的久泻久利，一般配伍石榴皮、五倍子、五味子、诃子肉、乌梅等。亦可用利尿药如车前子、茯苓、木通、玉米须等，以泻小便实大便的方法增强其药力。

对于女子崩漏不止，一般可配伍生地黄、当归、白芍、白术、黄芩、棕榈炭、蒲黄炭、艾叶炭、阿胶等。

对于慢性肠炎、慢性结肠炎、慢性痢疾等疾病，在辨证论治的基础上亦可使用本品，以达到减少大便次数的目的。

另外，赤石脂亦可使用于胃溃疡、胃出血、肠道出血等疾病。除了保护胃肠之外还能吸附消化道毒物，能有效抑制或延缓有机磷和汞的吸收，一定程度上达到预防中毒的目的。

一般来说临床使用剂量在 9 ～ 15g，大剂量亦可使用到 30g。

石榴皮味酸涩、性温，具有涩肠止泻、止血、驱虫的功效，与赤石脂功效相近，二者经常被放在一起使用。配伍与赤石脂大致相同，二者在治疗脾胃虚寒造成的泄泻中可以当作对药使用，在治疗女子崩漏时亦可当作对药使用。

以上为老师口述，由我代为整理。

捌拾伍 易水学派（一）

曾祖父对我说，中医是有派别的，而我们白家的祖先便是师承易水派的一门温补流派，与张景岳师出同门。起初我是不信的，又不是武林江湖，哪里来的什么派别宗门，说得好像武侠小说一般。但是曾祖父却说得有鼻子有眼，不像是在说谎。直到后来接触了《中医各家学说》我才知道，曾祖父并没有说谎。

易水派的开山祖师爷正是张元素，张元素私淑钱乙之学，将钱乙没有总结完成的脏腑辨证，结合《内经》《难经》《中藏经》的理论，进一步完善，形成了一套独立于当时体系的，以阴阳为总，虚实、寒热、标本、表里为辅的脏腑辨证法，并且沿用至今。而现在脏腑辨证已经成为现代中医的主流辨证方法。其次便是对药物归经的总结，自《珍珠囊》一书问世开始，中药学才真正成为一门独立的学科。

曾祖父告诉我，如果说张元素是易水学派的根，那么李杲、王好古、张壁、罗天益便是易水学派的树干。李杲将内伤病的治疗发挥到极致；王好古继承了中药学并继续发挥药物归经的理论；张壁继承了易水学派的针灸方法；罗天益则对李杲、王好古二人的理论进行进一步的整理。而易水学派真正辉煌的时期是在明代。

明代的整个时期几乎被易水学派贯穿，温补派医家大放光彩，如薛己、赵献可、孙一奎、李中梓、张介宾、李时珍，等等。他们将易水学派推向辉煌，上承祖师张元素之学，下又有各家对脏腑不同的理解与发挥。例如，薛己重视先天之本的同时，认为亦要重视后天之本；赵献可对命门学说进行进一步发挥；张景岳更是将方剂学推向更高的阶段。他们是易水学派的枝叶。

曾祖父说，易水学派延续至今已经有八百余年了，现在的学院派所学习的理论大多为易水学派的理论，正是因为易水学派自祖师爷张元素起，便以“变”和“融”二字为根基。易水学派一直在变，顺应时间、地点、人物与社会人文的改变而改变。

后来在曾祖父的影响下，我终于拿起了祖师爷张元素的《医学启源》并反复翻阅，仿佛看到当年，一位白发老人在给一个年轻人传授中医理论的场面。

捌拾陆 鸡蛋和瘦肉

也就是发生在今天下午的事情。临近下班时，我拖了地擦了桌子，准备关闭空调和电脑主机的时候，忽然蹦出一个号。

我挠了挠头对老师说：“老师，走不了了，上来个号！”

老师只得将刚刚解开的白大褂扣子再一次扣上了，坐下来等待着，大约过了五分钟，终于有人上来了。

我拿到挂号票一看信息不对，刷新了一下，发现并不是刚刚的那个人。

在老师诊治完这个患者过后，已经到下班时间了，我们认为刚才那个患者已经不可能来了，刚准备锁门关灯，主任眉头一皱——那个患者来了！

一直以来我们科都有几个“绝”，这个迟迟没来的人正是一“绝”。怎么说呢？每次来都说自己穷、困难，也不开药，就在这里跟你说疼，浑身上下没有一个不疼的地方，而且就算你给她写完病历，开完药，她也不会抓药，让我和老师都很无奈。

而就是这个经常“哭穷”的人，拿来了一大堆西医检查单，老师一看全是昨天一天检查下来的，我大致算了一下，这些检查的费用在四千到五千块钱，足够在我们这里吃半年左右的中药了。而她也没有什么较大的疾病，只是血常规和血离子检查提示稍微有些贫血和缺钙，而且指标也不是很低，并不能算是什么病，只需要多吃些有营养的东西就行了。

接着她又开始了，她胡乱比画着说：“大夫，你看我这个低，吃点什么好？”

“你回去多吃点有营养的食物就行了，药补不如食补！你回去多吃点瘦肉啥的，就行了！”老师无奈地说道。实际上老师也知道，即便是给她开药，她也不会抓，更何况现在药房都已经下班了。

“大夫，我这个也低，你看看咋整？”

“你就回去多吃点营养品就行，鸡蛋、牛肉、羊肉、肝脏啥的，熬粥也行！”

“大夫，你得给我开点药啊，你看我检查了这么多，我究竟是什么毛病？”

“你其他的这些都没啥问题，就是有点贫血和缺钙，回去多吃点营养品就行了。”

“那你得给我开点药吧！”

“药房里面没有鸡蛋、瘦肉，菜市场里面有的是，有你这检查的钱，去那多买点好吃的比啥都强！你没啥大毛病，多吃好的什么都好了！”

“……”

最后，老师无奈地写了几个补益的中成药，她才缓缓地迈着步子离开了。老师摇了摇头对我说道：“本来没什么病，天天让我开药，开了药又不抓，吃点好的喝点好的，不比什么都强？”

我打趣道：“赶明儿让药房主任上点鸡蛋和瘦肉吧，鸡蛋补中益气，瘦肉滋阴健脾，中医抓一把土都是药，又何况鸡蛋、瘦肉了！”

“嗯，你说得对啊，就是鸡蛋、瘦肉想要弄批号好像挺难的！”

捌拾柒

王清任与《医林改错》

逛书店是我经常喜欢做的事情，我感兴趣的主要是中医类图书。有一次偶然发现了《医林改错》，我对这本书记忆犹新，上学的时候，老师在讲近代医学史谈到王清任的时候，总是一脸的不屑——对王清任以及他的《医林改错》不屑一顾，并说他越改越错。我拿起这本书，看到定价只有五块钱，就买了下来，当时完全出于猎奇和收藏的心理，却不知道我会在不久的将来彻底喜欢上这本书，就如同喜爱《医学启源》一般。

我问老师："《医林改错》究竟值不值得一看？我因为便宜买了下来，但有人说王清任越改越错，这究竟是对还是错？”

老师对我说：“你不要光听别人怎么说，你自己看看究竟是不是越改越错，读完之后再和我说！”

我耐心地读了一遍之后对老师说：“我个人感觉，方叙之前的内容已经完全没有什么意义了。在那个时代，王清任对于脏腑的解剖认识应该是很先进的，但是现在来说，我完全可以读《解剖学》，所以我觉得方叙之前的内容现在再去读已经没有什么意义了。”

老师听了我的话之后对我说道：“由于时代的原因，王清任对人体的认识还是相当不足的，即便是现在，我们和西医还在争论脏腑和器官的问题，如中医的心是功能还是形态，还是功能和形态。不过对于王清任来说，在那个时代他已经做得足够好了！而王清任的错误也有不少，比如心无血说、脉行气说、膈的定位，以及对脑功能、视觉功能、会厌软骨的形容都有不少错误的地方，有些脏器的位置也有一些偏差。可是在当时已经很先进了，或者说非常符合当时的需求，这是一种寻求进步的表现，也是中医人应该具备的思想。”

“那么王清任究竟是不是‘越改越错’？”我问道。

老师回答道：“《医林改错》完成于1830年，起初这本书并不被看好，刊印量也极少，然而鸦片战争之后，中国的天朝大梦破灭，老百姓心里面那种天朝无敌不可战胜的思想瞬间化为齑粉。所有人都在寻找拯救中国的办法，中医也不例外，实际上当时创立中医新说的并不只有王清任一人，比较知名的还有唐容川、张锡纯等人。从1860年开始，人们对王清任的《医林改错》的需求忽然增加，印刷量也随之增加。

这正是对旧学说不信任的结果，王清任成功地搭上了这趟历史列车，在创立中医新说的众人之中脱颖而出。”

我继续问道：“那么究竟为什么王清任能够赶上这趟历史列车呢？”

老师回答道：“很简单，因为疗效！王清任的方子，如逐瘀汤类方，疗效都很不错。只有疗效好，才会被认可，一切都以疗效为主。你这个派也好，那个派也好，你说出花来，疗效在那儿摆着呢！你没有疗效谁理你呢？你看，血府逐瘀汤也好，通窍活血汤也好，少腹逐瘀汤也好，补阳还五汤也好，等等，哪个疗效差了？你用上就好使！好使了就有人捧，有人捧流传就广、影响就大！而没有疗效，你说破大天也没有用！”

我的脑海中出现了这样一个画面：一个三四十岁的中年人，夜里提着灯笼来到郊区的乱坟岗，冒天下之大不韪，用木棒和竹签不断地挑拨着腐烂的尸体，并且用随身携带的笔墨不断地记录着……

捌拾捌 我不是菩萨

科室里面总有人称呼老师是“菩萨”“神医”“佛”“圣母玛利亚”，等等，这很大程度和他们的信仰以及家庭环境有关，每当他们如此，老师总是淡淡一笑。

这天中午午休的时候，老师在诊室里面休息，偶然间我们就谈到了这些。

老师闭着眼睛躺在诊室的医用床上，对我说道：“有时候，觉得自己是真的无力，很多时候，很多病是治不好的，中医不治喘，治了就丢脸啊。当年医院小，没有人愿意出呼吸科的门诊，因为和刘老学过，我被医院强迫着出了呼吸科的门诊。后来心内科的老主任退休了，又没有人愿意出心内科的门诊，因为我和邓老学过，就把呼吸和心内合二为一，变成了现在的心肺科！从那时到今天，我已经出了二十多年心肺科的门诊了，可我从来没有任何成就感！”

我不解地问道：“老师，这么多锦旗，这么多荣誉，这么多患者的赞美，为什么会没有成就感呢？”

老师说道：“你在这儿待了这么久，你就没发现什么不对劲儿吗？这里的大多数患者基本上都是无法被治愈的！不要说肺癌，就是鼻炎、哮喘很多都是反反复复，你所谓的治愈又是多久不发作呢？一旦接触了过敏原，就又犯了，然后又来吃药。有些面孔总是那么熟悉，我非常不想让他们再来找我！但是有的时候他们真的不再来找我的时候，我甚至怀疑他们已经不在人世了！”

我说：“我没有想那么多，从来没思考过这样的问题。”

老师接着说道：“我手头有不少肿瘤老患者，他们吃不起西药，甚至可能连中药都吃不起，走了不知道多少地方，去了不知道多少医院，只要有一线希望，不管有钱没钱他们都要去。然而很多肿瘤是根本不可能治愈的！很多肿瘤患者在北京开方子，一开就是一麻袋，然而很多人药没有喝完，甚至没有喝到，就离开了……”

我沉默了，只能继续听着老师的话，实在是不知道说什么好。

“他们管我叫菩萨，我是什么菩萨？偶尔治愈了一个两个而已，如果我是菩萨，我就施展通天法力，我让他们全都好！不用再吃药！”

听了老师的话我沉默了良久，我也终于理解了为什么最开始没有人愿意挑呼吸科和心肺科的大梁。医院发展至今，呼吸科和心内科已经有了不止一个单独的科室，但是老师的心肺科就像是泰山一样岿然不动。

不知道为什么，就是这一刹那，我觉得老师就是一尊菩萨！即使不是菩萨，也胜似菩萨。

捌拾玖

老师讲中风

我问老师："为什么说中风是百病之首？"

老师说："中风病是人体感受风邪后产生的一系列症状，有起病急、发病快、病势强、症状变化多端的特点。风邪从四面八方而来，能让万事万物生长，但也能令万事万物毁灭。中风有闭证和脱证的区别，又有内风和外风的区别。除此之外，根据程度的不同，还有中脏、中腑、中经、中络的区别。古人说中风为百病之首，是因为首先风为百病之长，其次中风病的预后十分不佳。"

我问道："闭证和脱证有什么不同吗？"

老师说："闭证和脱证就像是阴阳走了两个极端。闭证的表现是牙关紧闭、口唇紧闭、眉目紧闭、拳掌紧握、身体拘急、二便难解等。而脱证正好相反，表现为牙口张脱、拳掌张脱、身体瘫软、二便失禁等。闭证是周身玄府因风阻遏经络而不通，所以要汗法和消法并用，一般临床使用大、小续命汤来治疗。脱证是因风邪入侵脏腑、经络而玄府大开，此时要守护阳气，避免亡阳，所以用温补二法来进行治疗，临床一般使用独参汤或者参附汤来治疗。不过现代中医学者讨论后认为脱证不单纯是阳脱，单独的益阳补火效果不理想，加入生脉饮，阴阳双补，回阳救逆，滋阴补气，效果更佳。不过这些患者，我们临床一般遇不到，通常情况下都被拉进西医院了。我们接触最多的便是中风后遗症患者，少数时候能够接触到中风前期的患者，也就是有中风潜在危险的患者。”

我问道：“那么内风和外风又有什么区别呢？”

老师说：“最早提出外风学说，有明确记载的就是《黄帝内经》，后医圣张仲景略有发挥。宋代之前人们认为中风病都是因为外界风邪所导致的，这便是外风学说。到了宋代以后，人们渐渐意识到了内伤也可以生风，钱乙、刘完素、张元素、李杲、朱丹溪等人相继对内风学说有所发挥，直到清代叶天士明确提出了内风源于肝的说法，确定了肝为内风的病位。”

我问道：“那么中脏、中腑、中经、中络又有什么区别呢？”

老师说：“其实现代中医一般不这么分，而是分为中脏腑、中经络以及中风后遗症三种。现代又有学者认为应该加入中风前兆。所以可为分为三种，也可分为四种。其实古人的中脏、中腑、中经、中络的分类并不是很明确，中脏、中腑，中经、中络之间有着很多相同之处，区分不是很明显，所以现在就把中脏腑放在一起，同理也把中经络放在一起。”

我问道：“那么如果我在大街上遇到中风的病人应该怎么办？中医有什么急救措施或方法吗？”

老师说：“首先你应该拨打‘120’，显然你周围没有中药，不要贸然移动中风患者。如果手头有针的话，可以针刺回阳九针，我还记得歌诀是‘哑门劳宫三阴交，涌泉太溪中脘接，环跳三里合谷并，此是回阳九针穴’。还可以在十宣、八风、八邪、人中刺血。实际上这些也都是理论上的方法，我并没有实践过，所以还是等救护车来吧，拍好照片和视频留证，与‘120’急救人员进行交接，描述好基本情况，才是最佳的方案。”

玖拾　觅钱乎？传道乎？

小时候，总听太爷爷讲李东垣的故事，实际上反反复复也就那么一个故事，就是李东垣学医的经过而已。小时候觉得没有什么，后来学习《医古文》，彻底了解了李东垣的生平，在李东垣的影响下，我才真正把学医等于赚钱的思想抛到了脑后，可以说，李东垣给我的触动很大。他对罗天益说的那句“汝来学觅钱医人乎？学传道医人乎？”的话，从学过《东垣老人传》之后就一直回荡在我的脑海中。

李东垣本名李杲，字明之，是易水学派宗师级别的人物。他重视后天之本脾胃，在张元素的脏腑学说基础上，创立了脾胃学说，后人称之为补土派，又叫脾胃派。

李东垣家境殷实，但他并不是纨绔子弟，他从来不去风月场地，更不结交狐朋狗友。那些富家子弟十分嫉妒李东垣，于是摆一顿花酒让那些风尘女子从中陪酒，与其嬉闹，这惹怒了李东垣，他直接一把火把那些女子碰过的衣服烧掉了。在接待他国使节的宴会上，当地长官不相信李东垣的德行，又安排了舞女劝其饮酒，他不好推辞，但是出门之后全吐了。他为人豪爽，乐善好施，接济穷苦的读书人，又建造了书院，在那里邀请接待他们。有一年闹灾，他全力接济流离失所的百姓，救活了很多灾民。

然而好人却不一定有好报。李东垣的母亲，不明原因地大病一场之后，一卧不起，请了很多知名的医生，有人说是寒证，有人说是热证，药都吃遍了也不见好转，最终李母不治而终。这件事改变了李东垣的命运，从此世间少了一位可能成为清官的读书人，却多了一位悬壶济世的名医。李东垣发誓学医，一定要寻找名师，弥补他的遗憾。

后来，李东垣听说易水有一位叫张元素的医生医术超群，被当地人称为神医，于是他来到张元素的面前，请求能够拜师学艺。张元素后来收下了李杲，彼时张元素已经90岁高龄了，但看到李东垣如此好学，张元素也是倾尽自己的所能为了李杲编纂了《医学启源》这本教科书。李杲足足用了8年的时间学会了张元素所教给他的医术。

起初人们并不知道李杲在医学上的造诣，后来某年发生大瘟疫，李杲参考古籍，查找病因，创立了一个方子，并且交给病人使用，十分有效。于是他将方子刻在木板上，人们照着木板上的方子抓药，用过方子的人几乎都有疗效。当时的人们认为这是神仙所赐，遂广为传播。这个方子实际上就是普济消毒饮。从此李东垣名扬天下。

后来年迈的李东垣深感自己大限将到，通过周德父的介绍，认识了罗天益，在经过“汝来学觅钱医人乎？学传道医人乎？”的考验后，将自己的医术倾囊相授，又担心罗天益因为贫穷而忘记了学医的初心，赠予他金银供养妻子儿女。

有一天，我在梦中恍惚间见到了一个古代装扮的老人走到我跟前问道：“汝来学觅钱医人乎？学传道医人乎？”我微微一笑对他说道：“愿为传道明医邪！”

玖拾壹

活见鬼了！

我问老师："阴阳究竟是什么？为什么有人说朴素唯物主义是科学，有人说不是？究竟朴素唯物主义算不算科学？我们中医又算不算科学？"

老师说道："你要先明白什么是科学，什么是哲学，不要弄混了！中医当然是科学！一二三四五六七八九十，这是数字，你不称他们是数学。那数字是什么？数字是组成数学的工具。阴阳、五行、精气、藏象、经络这些又是什么？他们同样是组成中医的工具。你既然问阴阳，那我们就主要说阴阳。什么是阴阳？阴阳是宇宙中对立双方属性的概括。什么都能分阴阳，你曾问我桌子和人能不能分阴阳，当然能分！桌子是没有生命活动的，而人有，很显然桌子就是阴，人就是阳。只有比较才会产生阴阳的概念，还要看怎么比较！”

我问道：“朴素唯物主义比起机械唯物主义和辨证唯物主义又差在哪里？”

老师说道：“首先你要明白哪里都不差！只是朴素唯物主义使用的名词都偏于玄学，而我说阴阳，他说矛盾，他说善恶，只不过用词不一样罢了，实际上是不是一个意思呢，我觉得都差不多！我跟你说过古人的思想都是朴素的、直白的，不用过多地解释和联想，就是字面意思。有的时候只需要知其然，不需要知其所以然，过度联想只会让你越来越迷茫，越来越学不好中医。朴素就是朴素，不需要过多地牵强附会！”

我继续问道：“那就是说中医是科学了？”

老师说道：“科学是有狭义和广义之分的，我们现在所提的科学，多数情况下是不包括社会科学和思维科学内容的自然科学。如果你说中医是自然科学，那么中医不是，医学也不是。如果从广义上来说，那么中医是科学。中医是什么？中医太复杂了，天文、地理、社会、人情世故等都包括在其中，只要是对诊治有益的学科，中医通通将其纳入医理之中，你能说这样的学科是自然科学吗？”

我说道：“当然不能！那么我怎么理解古书上那些说服了某种草药就能见鬼或者升仙的语句？那些不是玄学吗？”

老师说道：“当然不是玄学！我先问你，什么叫知其然和知其所以然？”

我回答道：“在我的理解中，知其然就是知道有这么回事，但是不知道为什么会有这回事。而知其所以然就是知道这回事，也知道为什么会有这回事。”

老师说道：“说得很对！现在我们都停留在知其然的阶段，古人也不例外。古人知道吃了这个草药能见鬼，那么什么叫见鬼呢？你知道什么叫见鬼吗？你知道鬼长什么样子吗？”

我想了想回答道：“没见过，不知道，也不想见！”

老师接着说道：“你有没有发烧烧到迷糊说胡话的时候？有没有睡觉做噩梦的时候？”

我回答道：“这个当然有，这个就是见鬼吗？”

老师说道：“没错！其实也就是古人吃了这个草药后产生了幻觉，他不知道这是什么，于是出于对自然和未知现象的畏惧和崇拜，他们把这称为见鬼！升仙也是一样，那都是因为不知所以然而导致的。少看玄幻小说，多思考。我们的学科中，鱼龙混杂，五千年积累了精华也积累了糟粕，就像你整天幻想着拥有超出其他人或者超越大自然的能力，可是你并没有！有的时候古人也是一样，一个人的幻想经过另一个人的口描述时可能就会被少许地添油加醋，时间一长就变成了升仙、成神之类的话。遇到这样的话，你就当耳旁风一样听不就行吗？一定要返璞归真，想象你自己是古人，第一次吃曼陀罗花，你是什么感觉？”

我笑着说道：“那还是活见鬼了！”

玖拾贰 铁面仁心

这天，一切都很正常，我和往常一样早早地来到诊室，拖地，浇花，烧水，开电脑……等到老师来了之后，往往只要患者来了，不管到没到上班的时间，老师都开诊。而我则按照电脑上的顺序叫患者的名字，偶尔有想要插队的，只要不是特殊情况，如重病、年过八十的老人，一般来说我都是不允许的。

大约半个小时，已经处理完了四五个患者，我继续喊号，一个看样子很精神的老人坐在了老师的面前。他拿来了一堆报告和检查结果递给了老师。

老师看着这些检查结果，眉头紧皱，肺片上，右肺下缘显示一个鸡蛋大小的肿物，肿物边缘不是很清晰，整体上呈菜花样。老师又看了看其他的检查问道："病理做过没有？"

"去北京了，北京的大夫说不敢给做，到了北京就验了血，也不知道是什么，最终就说一个细胞活性增强什么的，我也不懂，然后就给我打发回来了。吉林这边两个医院，一个医院说是小细胞肺癌，说我就能活三个月，然后化疗了两个月，我觉得不对就换了一个医院；另一个医院说怀疑是癌症，最后也没给下定论，就给我打发到了北京，然后北京那边就说什么细胞活性增强。后来我都不管了，回来以后我什么药也没吃，也没管，反正到现在都一年多了我还活着呢，也没死！前几天跟人吃了点海鲜，喝了点酒，就觉得不得劲。我现在信不着西医，我也是慕名而来的，您给说说该咋的咱们就咋的，我现在就信着中医了！您看我这怎么整？"老人从容不迫地说道。

"咱们先别说怎么办，先化验一个血象去，看看你这难受究竟是怎么回事，然后咱们再说下一步怎么办！"老师对他说道。

他毫不犹豫地说道："行，大夫你说咋办就咋办！"

他拿着化验单去交费了，他的老伴凑了过来，拿着片子指着那个鸡蛋大小的肿物问道："大夫，您说这是什么东西？您跟我说实话！"

老师沉思了一会儿，回答道："他不在，行，我个人觉得不是什么好东西，应该是肿瘤，而且从形态上来看，不像是良性的！"

大约又看了两个病人后，老人拿着血象报告回来了，老师接过血象报告一看，皱着眉头问道：“你现在有发烧的感觉没有？”

老人摇了摇头坚决地否定道：“没有！大夫，我没觉得我发烧！”

我瞄了一眼，看到结果后，头被惊得下意识地向后缩了一下，那白细胞已经是正常人的三倍多了，而他却没有任何炎症迹象。

患者继续说道：“大夫，我咋的呢，就是那天和朋友一起吃了点海鲜，喝了点小酒，然后肚子不得劲，去厕所拉了一堆花花绿绿的，也不知道都是什么玩意儿！现在就是胸口难受，像针扎了一样。”

老师没有多说什么，默默地写着病历本。也不知道怎么回事，老人的老伴忽然大哭起来，老师见状连忙安慰道：“没事没事，现在不是还没定性嘛，我建议你们再去彻底查查看看，说不定就是囊肿、结核之类的呢！”

老人摆摆手一脸坦然地说道：“大夫，你不用说我心里有数，我都能接受她接受不了！我也不想查了，你就给我开药吧，我就想用中药维持着！”

不知道为什么，看着老人和她的老伴，我心里面十分难受，眼泪不由自主地顺着脸颊掉了下来，作为医务人员我深知这样的行为是十分不妥的，我轻轻地擦了擦眼泪，在一旁故作镇定，生怕自己再有泪水流出。

临走时，老人握了握老师和我的手，老人的手十分温暖，而我的心久久不能平复。一上午我都在思考乱七八糟的事情，什么人生，什么哲学，什么阴阳，一股脑地在我的思绪中泛滥。

老师对我说道："人非草木，孰能无情？以后你面对的可能是更多的疑难杂症，而这些病症可能根本无法治愈。不论何时都要微笑面对一切，大夫要有一副铁打的面孔，更要有一颗仁慈的心！"

玖拾叁 肺心病

早上，46路车开得快。到医院上楼以后我看了看表，不到7点，我以为我是第一个到诊室的人，但诊室的门口早已经有一个患者在等候了。我刚拿出钥匙开门，她的家属便问我：“主任什么时候来？”

我一边开着门一边对她说道：“8点上班，估计主任得7点40左右来。先去等着挂号吧，这个点估计挂号室也没开门呢，医院一般7点45开始挂号，现在还不到7点！”

她的家属点点头说道：“谢谢小大夫！”

但也不见她有想要下去挂号的样子，我没有再多说话，拖地，浇花，开电脑，重复着每天必须要做的事情。

大约过了半小时，老师来了，她俩急忙迎了上去。患者家属对老师说道："主任，你看看我妈，现在喘不上气，胸闷，脚还肿了，怎么办啊？"

老师说道："你稍微等一下，等我换上衣服。"

老师穿好白大褂后，简单地对老人进行查体后说道："住院检查吧！我初步怀疑可能是肺心病，现在可能又合并感染了。早上吃饭没有？"

患者的女儿搀着老人说道："没有，知道来看病可能要做检查就没吃。"

下午，一些检查单已经出来了，老师拿着病例仔细看着，我在一旁也跟着偷摸打量着。

只见上面这样写着：心浊音向两侧扩大，心尖区可听到收缩期及舒张期杂音，心律不齐，双下肢有凹陷性水肿。胸透显示，心影增大，肺纹理增粗，肺下野边缘不清晰。心电图显示，窦性心律不齐。血常规显示，白细胞增高。

老师皱了皱眉头开始给她开方子：巴戟天 15g，葫芦巴 15g，玉米须 150g，猪苓 15g，茯苓 30g，生地 45g，小茴香 15g，乌药 15g，黄芪 60g，肉苁蓉 15g，肉桂 5g，蛤蚧 1 对。

五天后，患者浮肿基本消失，气喘及胸闷有所缓解。老师去玉米须、葫芦巴、猪苓，将生地黄增加到 60g，加五味子 10g、乌梅 15g、当归 15g、地龙 10g、蝉蜕 10g、僵蚕 10g、马勃 10g、桔梗 10g、升麻 3g、炒白术 30g。

服用三天后，患者基本达到出院指征，自己也要求出院，遂以医院自制药物冠心丸巩固治疗。患者反馈良好，老师经常与其进行微信交流，至今为止没有再犯。

玖拾肆 大狼把草

在曾祖父的笔记中偶然看到了一味药，叫大狼把草，于是想起了曾祖父曾经给我讲的一段关于他的故事。

当年曾祖父在吉林巴虎农场的卫生室一边务农一边行医，是一名赤脚医生。那时候的卫生条件极差，药品供应常常不及时，曾祖父告诉我在当时发生了一件十分可怕的事情。

巴虎农场有五十几户人家几百口人，居住在农场的周围。这天祖父正在出工，忽然来了两个人，急急忙忙地赶到他身边。其中一人上气不接下气地喘着，看样子跑了很远的路，另一个人歇了一会儿急忙说道：“白大夫，您快去看看吧，麻杆子出工的时候倒下了！一个劲地咳嗽，也不知道什么原因。”

曾祖父放下锄头连忙往回跑。他取了医药箱，和这俩人一起找到村里的王大伯，让他赶着驴车前往。

到了地方已经是半个多小时以后了。那个外号叫“麻杆子”的人已经被人安置到了树荫下，尽管如此他依然在咳嗽。看着他的样子，曾祖父皱了皱眉头说道：“你们全都散开！”

人们听到曾祖父的话后急忙散开了。曾祖父走上前，从医药箱里拿出一块纱布，对“麻杆子”说道：“咳！把痰吐出来！”

“麻杆子”咳了半天，似乎很艰难，也没有一口痰能吐出来。咳了一会儿之后，曾祖父拿过纱布一看，依然没有痰，但是纱布上隐约有细微的血点。

他将纱布扔到地上问道：“刚刚你们都谁和他直接接触了？”

曾祖父刚说完就有几个人站了出来，曾祖父接着说道：“你们几个带着他跟我回去吧！”

农场卫生室说是卫生室，实际上就是农场边上场房的一个屋子。农场场房有很多，里面有供休息的大通炕，因为秋天割水稻的时候，人们常常工作到很晚。

曾祖父通知了他们的家人，接着派人紧急向卫生局报告目前的情况，社长、书记和曾祖父商量后，认为不能瞒着。

后社长召集了所有的村民，向他们告知了目前的状况，说“麻杆子”的病很可能是结核病，但是欺骗村民说卫生室药物充足，区里面马上就会派专家下来，稳住了村民们的情绪。

后半夜的时候，“麻杆子”咳嗽得更厉害了，因为没有药物，曾祖父戴着口罩，为他进行针灸治疗，这一宿曾祖父也没怎么睡。

次日眼见区里还没有派人下来，报信的人也没有回来，曾祖父焦急万分，于是背上篓子自己进山了。

中午时分，他原本空着的篓子变得满满当当的。在农场卫生室前，他架起了一口大锅，并让村民们把灶台烧炕心的土块子也好、灶台心的土块子也好，还有灶台下面的灰渣子，全部都收集过来。

当这些都收集到的时候，已经是下午两点多了，曾祖父将大锅放上水，将一筐药和这些土块子、灰渣子一股脑地全都倒了进去，熬了一大锅浑浆，分发给麻杆子以及和他直接接触过的人。

又过了一天，派去的人回来了，说区里已经开始开会研究并且派人下来了，估计得后天才能到。

接下来的两天曾祖父都熬着这锅浑浆水给他们喝，麻杆子的咳嗽似乎缓解了很多，不像之前那么严重了，只是偶尔咳嗽几声。

“那后来呢？”我急忙向曾祖父问道。

曾祖父说道：“后来第六天的时候，区里派人下来把他们都接到区里的医院进行隔离治疗了，没事的人后来都让他们回家了。”

“那太爷，土和灰还有那个草究竟是什么？也是药吗？”我好奇地问道。

曾祖父对我说道：“这可是中医的宝贝，灶心土就是伏龙肝啊，那灶心灰便是百草霜啊，那草药就是东北遍地都是的大狼把草。”

“土？灰？狼尾巴草？”当时的我一头雾水，不解地看着笑呵呵的曾祖父。

伏龙肝也就是灶心土，温、辛，归脾、胃经。有温中止血、止呕、止泻的功效。

百草霜也就是灶心灰，温、辛，归肺、脾、胃经。有止血、消积、泻火解毒的功效。

大狼把草，平、苦，归脾、肺经。有补虚清热的功效。

在那种缺医少药的地方，曾祖父竟然能想到并且使用伏龙肝、百草霜、大狼把草这三味药。而当时曾祖父只是一名赤脚医生而已。我合上笔记，对曾祖父更加敬佩了。

玖拾伍

什么是中医

我曾不止一次思考过这个问题：究竟什么是中医？中医是什么？

在我的印象中，中医是这样的：鹤发童颜，身着汉服，手拿虎撑，身背药匣，出入高山森林，宛若隐士高人，道骨仙风，寿比南山。如果让我形容，他们开的药是极苦的，他们的样子是古板的，他们与这个时代毫无半点融合感。

然而这样的中医，不但现代没有，古代估计也很少！古代的中医分为好几种，但大体来说可以分为三种：第一种是官医，官医包括太医、御医、医官等。他们是各司其职的，有为皇亲国戚看病的，有为达官贵人看病的，也有为百姓治病的。第二种是堂医，有自己的门面，在固定位置为人看病的医生。第三种就是游医，也就是拿着虎撑到处游走为人诊治的医生。

一般来说，能考上官医的大夫都是非常了不起的，他们或拥有深厚的家传渊源，或拥有惊人的天赋，或拜名师学艺，甚至自学成才。他们精通《内经》、《伤寒》、《伤寒杂病论》、五运六气、内外妇儿、针灸推拿、砭石导引，绝对是全能型人才。不仅如此，他们还写得一手好文章。在宋代，医官被冠以“翰林”的称号，能成为“翰林医官”并被赐予“紫袍”“金鱼袋”，不仅象征着无上荣耀，更表明这位医生的德术在当时是天下无双的。

堂医又称坐堂医。这样的医生一般是以家传或者师带儿徒的形式为主的，通过一辈辈的积累，在官府注册后方可行医。在我们的一般印象中，中医管制是十分松散的，但是事实上并不是，中医不但需要整籍入册，而且出了医疗事故也是需要负责任的。

最后说游医，又称铃医、走方医。这样的医生又分为两种：一种是真医生，游走各方，为了增长见识、扩充自己的知识，一边行医，一边学习。而另一种则是骗子了，不必细说。铃医也有铃医的规矩，铃医有三字诀：一曰贱，药物不取贵也；二曰验，以下咽即能去病；三曰便，能够就地取材。另外，一般的铃医摇铃的时候不得高于手肘，而高于手肘则证明自己医术高明。路过药房堂口一般不得摇铃，摇铃则视为要进行比试；路过药王庙不得摇铃，摇铃则是对中医先贤的不敬。

而现代的中医则穿上了白大褂，戴上了听诊器，使用现代的检测设备，有人说这样的中医不是中医，已经被完全西化了。有人说中医需要回归传统、回归经典。还有人说中医不能用检查设备，用了检查设备那就是西医。

而中医实则是一直在发展，从古至今，从有到无，从愚到智。中医一直在摒弃糟粕，积累精华。那么多的中医先贤前赴后继，著书立传，只为传道天下；那么多的中医后辈，承继前人，不忘初心，只愿天下无疾。

什么是中医，中医是什么，其实根本不重要，只要能为患者减轻痛苦，为什么不能用最先进的实验室检查设备？更直观地看到病灶，确定病位，找到病因，何乐而不为呢？

我以后会是一个中医，但我更会是一个医生。

玖拾陆

百病生于气

我问老师："为什么说百病生于气？"

老师说道："《素问·举痛论》中说，怒则气上，喜则气缓，悲则气消，恐则气下，寒则气收，炅则气泄，惊则气乱，劳则气耗，思则气结。

"怒则气上。咱们经常能见到这样一类人，面色赤红，神情焦急，不喜欢等待，等的时间一长就会一脸愤怒，或者和家人，或者和医生，或者开始和自己发脾气。此时如果测量血压，他们的血压一定会高出正常的范围。这类人通常性格暴躁，喜欢生气，多数有嗜酒的习惯，而且可能还会伴有暴力倾向，而这类人也是中风和胸痹的高发人群。

“喜则气缓。比如我们都有过这样的经历，看到比较搞笑的喜剧或段子，或者遇到好笑的事情，会笑得肚子痛，半天缓解不过来，停止发笑的时候，肚子就会隐隐有些岔气的感觉。有的时候因为兴奋，心跳会忽然加速，有一种心好像要跳出来的感觉。更有甚者，像《儒林外史》中中举的范进一样，因为过度兴奋而出现神灵失守的样子，这是心气涣散所表现出来的症状。所以过度的兴奋会导致人心悸、失眠，甚至精神失常。

“悲则气消。这类人我们科也经常能够看到，经常有十分悲观的人，动不动就因为一些琐事、小事痛哭流涕。也有因亲人去世、家庭变故等原因悲痛致病的人。这类人多数面色苍白，说话声音小，没有底气，意志消沉，倦怠无力。

“恐则气下。电影、电视剧中经常有这样的桥段，某些人受到威胁或惊吓的时候会尿裤子甚至拉在裤子上。而现实生活中这也是可能发生的，肾气亏虚者突然受到惊吓就有可能出现上述症状。

“寒则气收，炅则气泄。寒主收引，这是寒邪的一大特性，正常人受到寒邪侵犯会导致毛孔收缩，卫气不能外达，从而使肌腠被约束。最大的特点就是无汗、恶寒、发热。炅有明亮的意思，在这里引申为热，热能让气倾泄耗散，毛孔腠理大开，与寒正好相反。

“惊则气乱。突然受到惊吓则能让人的气机紊乱，会导致心悸、气短、心烦、自汗甚至精神错乱等诸多症状。在正常情况下气机的运动是有规律的，而惊恐则会打破这种规律，以至于气机正常的升降出入就此紊乱。

“劳则气耗。过于劳倦则会导致气的消耗。这里的劳倦实际上有劳力和劳神两种。我们总会见到神情十分疲倦的人，而他们却不一定从事体力劳动，相反一些体力劳动者甚至要比他们的精神状态好。所以其实这个“劳”是多样性的，不只是劳力一种，不能理解得过于狭隘。

“思则气结。过度的思虑会伤脾，导致脾失健运，从而气机郁结。这类人我们科也是经常能够见到的，这类人通常都过于消瘦，厌食，面黄，整体像是一个麻秆一样。”

我接着问道：“那么气机九条和七情致病有什么关系吗？因为怒、喜、悲、思、忧、恐、惊，除了忧几乎都能对上。”

老师说道：“其实七情致病便是在此基础上发展而来的，于是有了怒伤肝、喜伤心、悲伤肺、忧思伤脾、惊恐伤肾之说。中医的理论源于《内经》，但也多有发展和完善。所以要用辨证的眼光去看，可以说，七情致病是在气机九条之上发展而来的。”

玖拾柒 胸痹

这天，有一个患者捂着胸口在家人的搀扶下来到了诊室，他提前几天便预约了老师的号，所以老师处理完上一个患者后马上便开始为他诊治。

老师问道：“老哥，你这捂着胸口是因为疼吗？”

患者回答道：“要说疼也不是多疼，隐隐地发痛，我按着能好点。这是昨天做的心电图，说是前壁心肌缺血，彩超显示三尖瓣有少许回流，报告在这里。我之前已经住过十五天院了，出院就来这里了。”

这位大爷的挂号信息显示他 57 岁，但是从他的外貌上来看，似乎已经年过古稀，满头几乎找不到一根黑发，即便是少数带颜色的也是焦黄色。

老师说："把你主要的症状说一下。"

患者回答道："就是胸口这儿隐隐作痛，心忙叨，咕咚咕咚的，就感觉像是要蹦到自己的嗓子眼一样，总之就是不得劲！"

老师接着问道："什么样的痛感呢？火刺燎的（东北话，火辣辣的）还是针扎似的？"

患者回答道："就像是针扎似的，总之就是说疼也不是多疼，但是总是旯旯茬茬的（东北话，锯齿状，不规则的，这里主要是指刺痛）。"

在经过简单的询问和查体后，老师得出结论：气滞血瘀。所以很自然地使用血府逐瘀汤加减：桃仁 10g，红花 10g，当归 15g，生地黄 30g，牛膝 5g，川芎 10g，桔梗 5g，赤芍 15g，枳壳 30g，甘草 10g，柴胡 15g，黄芪 30g，白术 15g，鸡骨草 30g，丹参 15g。共 7 副，每日两次，早晚饭后服用。

一周后，患者神情大好，他激动地握着老师的手说道："大夫，您的药太有效了，我吃了一周就感觉不怎么疼了。但是心脏还是不得劲。"

老师在原方的基础上加上了苦参 10g，瓦楞子、煅龙骨、煅牡蛎各 50g，又去掉了鸡骨草。

患者前前后后在老师这里吃了一个半月左右的药，基本上痊愈了。听说不用吃药了，他临走时十分高兴，表示对疗效十分满意。

老师说，这个患者就是典型的气滞血瘀，但并不是很严重，所以血府逐瘀汤加减就可以了。严重的气滞血瘀可以使用补阳还五汤。辨证的时候，一定要注意疼痛的感觉，刺痛、灼痛、冷痛、胀痛等，病机都不尽相同，不要按照教科书生搬硬套，临床不像教科书那样局限，什么情况都有。

玖拾捌

失眠未必要用安神药

有这样一个患者，女，58 岁，患有非常严重的失眠，睡不着已经是家常便饭了，即便偶尔能够睡着，也只是一两个小时，看了很多医生，中、西医都有，均无效，听人介绍找到老师。她拿来一堆病历本说道：“医生，你救救我！你看看，我看了这么多的大夫，都没有什么效果，我就是睡不着觉，再睡不着我想死的心都有了，我都两年多没睡过一个安稳觉了！”

她面容十分憔悴，白色的眼仁中布满血丝，神态有些狰狞。她紧紧地握着老师的手，仿佛抓着最后一丝救命稻草。

老师说道：“你放心，我会尽我最大的能力为你诊治！”

在经过仔细的诊查后，老师开出了方子，我原以为会有酸枣仁、琥珀、茯神之类的养心安神的药物，但是最后却发现一味也没有。

老师的方子是这样的：栀子 15g，黄芩 15g，黄连 6g，黄柏 6g，当归 15g，黄芪 30g，生地黄 30g，熟地黄 30g，石斛 15g，玉竹 15g，白术 15g，党参 15g，苦参 15g，玄参 10g，麦冬 15g，茯苓 15g，甘草 10g。

事后我问老师："老师，为什么您不用养心安神的药物？"

老师问道："我问你，中医的不寐病机是什么？"

我回答道："阳不入阴啊！"

老师笑着说道："呵呵，你还知道是阳不入阴啊！我问你，为什么会阳不入阴？"

我挠了挠头说道："为什么？我还从来没有想过为什么，只知道《中医内科学》上是这么写的。"

老师说："死读书，读死书，书读死，死书读，用来形容你再恰当不过了！内伤五邪、外感六淫皆可导致阳不入阴，临床只要辨证论治就行了。比如这个患者，就是因为阴虚火旺导致的失眠，只需要滋阴降火就可以了。所以我用了当归六黄汤作为底方，再加入了滋阴的药物，又怕药物过于滋腻，便加入了四君子汤健脾。其实整个方子就是当归六黄汤、四君子汤以及增液汤的合方。"

我说道："所以说还是要辨证论治！"

老师说道："对，只有对证，药物才能有效。如果你什么都是以症状为主，那不是中医！你要找到最根本的原因，治病一定要求本才行！"

玖拾玖

三黄与栀子的临床应用

三黄是指黄芩、黄连、黄柏。三黄与栀子，四者皆性寒，但因其性味归经不同，所以临床应用也大不相同。

一般中医认为，黄芩清上焦火，黄连清中焦火，黄柏清下焦火，栀子清三焦火。事实上这是不准确的。

首先说黄芩，其性寒，味苦，归肺、胆、脾、大肠、小肠经。有清热燥湿、泻火解毒、止血安胎的功效。目前临床最常用的就是酒炒黄芩。酒炒后，黄芩偏于清肺火，所以说黄芩清上焦火是不准确的。而黄芩炭则偏于止血，用于支气管扩张引起的咯血、痔疮出血有较好的疗效。枯黄芩偏于清胃火，而子芩偏于安胎。所以黄芩对上、中、下三焦的热邪都是有效的。一般来说泻肺火的时候与大青叶、栀子、石膏等配伍，泻胃火的时候则配伍黄连、连翘、栀子等。凉血止血的时候可配伍地榆、槐花等。因热而导致的胎动不安，则可配伍竹茹、紫苏、陈皮等。总体来说，黄芩的清热效果很好，且比较温和，泻火而不损正气，是一味很好的清热泻火药。

再说黄连，其性寒，味苦，归心、脾、胃、肝、胆、大肠经。有清热燥湿、泻火解毒的功效。黄连主要以清心火与清胃火为主。我们一般认为黄连吃了是要泄泻的，事实上《药性赋》上这样记载过：宣黄连治冷热之痢，又厚肠胃而止泻。事实上黄连是可以止泻的，而现代科学研究也证明黄连对于痢疾杆菌有着十分显著的抑制作用，另外中成药黄连素（盐酸小檗碱）就是止泻用的。黄连泻心火可配伍连翘、金银花、竹叶、木通等；泻胃火可配伍大黄、栀子、胆南星等。用于湿热引起的泄泻、痢疾，可配伍白头翁、黄柏、秦皮等。有句歇后语叫“哑巴吃黄连——有口说不出”。黄连的味道一般人确实无法接受，所以使用的时候要配伍一些矫味剂，尽量压制其味道。

黄柏，其性寒，味苦，归肾、膀胱经。有清热燥湿、泻火解毒的功效，另外外用可以收湿敛疮。黄柏对湿热导致的痢疾有着很好的疗效，一般配伍白头翁、马齿苋、黄连、秦皮等。对热淋亦有十分显著的疗效，一般配伍竹叶、生甘草、猪苓、木通等。对痔疮也有不错的疗效，一般配伍地榆、槐花、槐角等。另外，黄柏亦有坚肾的功效，泻火而不伤肾，故临床滋阴剂多配伍黄柏以抑制滋阴药过于滋腻，如知柏地黄丸、大补阴丸等。黄柏对高血压和高血糖亦有疗效。

栀子，其性寒，味苦，归心、肺、三焦经。有泻火除烦、清热利湿、凉血解毒、退黄的功效。对于各类实热所产生的症状，皆有十分显著的疗效，亦是临床常用的泻火解毒药之一。凡实热导致的头痛、目赤、牙痛、咽喉肿痛、口舌生疮、热毒疮疡、烦躁口渴、大便干燥、小便黄溲皆可使用栀子，一般配伍黄芩、黄连、黄柏，合并为黄连解毒汤，亦可配伍大黄、石膏、赤芍等。对于热入血分所导致的迫血妄行，如衄血、吐血、咯血、尿血等，可配伍生地黄、牡丹皮、水牛角、石膏、侧柏叶、藕节、白芨等，多用焦栀子。亦可用于湿热导致的黄疸，可配伍黄柏、茵陈、大黄等。

以上便是老师对三黄与栀子临床应用的理解，由老师口述，我代为整理。

壹佰 埋线

在经过学术交流后，科室决定引入埋线技术，而事实上穴位埋线这项技术并不是一项新技术，早在上世纪六十七年代就已经广泛应用在各级医院之中。穴位埋线是由针灸发展而来的，以线代替针持续刺激穴位。从最初的羊肠线到现在的生物蛋白线，根据吸收时间的长短分为长效线和短效线，长效线一般能持续刺激穴位 15 ~ 30 天，而短效线则可持续一周左右，各有利弊。根据疾病的不同，还有药线可供选择。而后来发展出筋膜理论后，相继而出的便是神经节点，大有想要吞并经络腧穴理论而自成一派之势，而老师引入的便是这个融合了现代“筋膜理论”的新埋线技术。

我在不了解这项技术的时候，对于埋线是十分排斥的，认为其不伦不类，疗效也不会很好，事实上确实也是这样。根据筋膜理论对各类神经节点进行埋线效果并不理想，而星状神经节阻滞对于大多数疾病都可选用的说法，经我们科室的临床使用证实效果也不甚理想。这让刚刚引入埋线技术的老师陷入了深思：一味地追求改变是不是太过激进了？

我对老师说："数据再怎么完美也没有任何意义，只有疗效才是金指标，不如抛弃筋膜理论，还用我们中医的经络腧穴理论，再试试疗效。"

老师想了想说道："你说得对，只有在中医理论指导下的技术才是中医技术，而中医的疗效也只有在中医理论指导下才会显现出来。"

那天之后，老师和我查阅了很多上世纪六十七年代的文献，得出的结论是：无论当时怎么激进，依然没有改变技术是基于中医理论的框架，在科室内部小试牛刀之后，发现疗效较为理想。

在不断的摸索中，我们终于确定了哮喘、心悸、鼻渊等疾病的配穴。

比如哮喘，主要应用肺俞、定喘、中喘、膏肓、志室、脾俞、肾俞等穴位。

心悸，主要应用心俞、膈俞、神门、内关、膻中等穴位。

鼻渊，主要应用迎香、肺俞、足三里、膀胱俞、大椎、曲池等穴位。

根据疾病证候不同选用的穴位也不尽相同，使用的线的种类也不相同，而且和针灸一样也进行"透刺""行针"等手法。

最开始和患者提出埋线治疗的时候，很多患者表示难以接受，有些患者在抱着试一试的态度进行了穴位埋线后，发现效果良好，有一些老年病慢性病患者甚至主动要求埋线。

而现在在我们科，穴位埋线技术从最开始只应用于哮喘和鼻炎等肺系疾病，到应用于心系疾病、脾胃系疾病、肾系疾病等，适应证越来越多，甚至肥胖症患者也逐渐开始接受埋线疗法。

老师说：“中医的技术只有在中医理论的指导下才会发挥最大的疗效。实际上星状神经节就在人迎穴附近，很多神经节点也都有对应的穴位，或者与穴位相隔不远，穴位的应用要比这类神经节点灵活很多，借鉴传统针灸的补泻手法，再应用腧穴的配伍，才会有这么好的疗效。”

壹佰零壹

脾胃那点事儿（一）

在中医的概念中，脾胃是人体的后天之本。《内经》云：人以水谷为本，故人绝水谷则死，脉无胃气亦死。后李东垣则认为：内伤脾胃，百病由生。后世医家将其发展为“有胃气则生，无胃气则亡”的理论。这无不阐述了脾胃的重要性。因此我对于脾胃系疾病产生了浓厚的兴趣。在“脾胃不和”这部分我百思不得其解，只好求教于老师。

我问道：“老师，什么叫作脾胃不和？”

老师回答道：“根据《素问·灵兰秘典论》中所载：脾胃，仓廪之官，五味出焉。后《灵枢·刺法补遗》又补充说道：脾者，谏议之官，知周出焉；胃者，仓廪之官，五味出焉。脾在情志之中主思，在生理上主运化、主升清、主统血、主生化气血；胃主降浊、主受纳、主腐熟。脾喜燥恶湿，而胃则喜湿恶燥。脾升则胃降，二者之间的关系正是相反相成，这种关系一旦被打破，就会产生升与降的失调，咱们中医便称之为脾胃不和。”

我接着问道：“老师，我知道脾胃不和之中有脾强胃弱、脾强胃虚、胃强脾弱、脾虚胃强四者，它们之间的区别是什么？”

老师回答道：“以上四种情况皆可称为脾胃不和。我们首先说阴阳，阴阳就像是一个天平，我们分别在天平的左右添加几个砝码，让天平趋于平衡。在正常状态下，脾胃就好比这个天平，处于平衡状态，二者一升一降，配合得十分完美。假如某天脾或胃忽然获得了力量，或者忽然被削弱了力量，这个平衡就被打破了，就好像我往天平的一边放了一个砝码或者减去了一个砝码一样。首先说脾强胃弱，这就等于我在脾上增加了一个砝码，脾就绝对地强于胃；而脾强胃虚呢，就等于我在胃上减去了一个砝码，脾就相对地强于胃。而胃强脾弱与脾虚胃强则是一样的。”

我继续问道：“那么在临床上脾胃不和的症状又有哪些呢？”

老师回答道：“根据脾胃的生理功能，脾胃不和最主要的症状还是消化系统症状，常见的有呕吐、泄泻、恶心、反酸、嗳气、腹胀、呃逆等。脾强胃弱的时候，呃逆、嗳气的症状就会比较明显；脾强胃虚的时候，反酸就会相对地明显。而胃强脾弱的时候，腹胀、恶心就会比较明显；脾虚胃强的时候则呕吐、泄泻就会相对地明显。脾胃不和的时候，我比较喜欢使用不换金正气散、调中益气汤、升阳益胃汤、补中益气汤等方剂进行治疗。临证需要根据患者的情况进行加减化裁，一切都要以临床为准！书是死的，人是活的。”

壹佰零贰

易水学派（二）

曾祖父曾对我说道："张元素去世后，易水学派一分为三：李东垣继承了张元素治疗内伤病的经验及药物学认识的经验；王好古继承了张元素外感病和药物学的大部分内容；张璧则继承了针灸学的全部以及外感病的部分内容。而后期明代的易水学派继承人大多是出自李东垣这一支脉的，并在李东垣脾胃学说的基础上发展为温补流派，从李东垣的补益脾胃为主发展为后来的补益脾肾为本。张元素对伤寒杂病论也是有所研究的，王好古的《此事难知》以及张璧的《伤寒保命集》就对伤寒六经有着非常系统的论述。另外张璧的《洁古云岐针法》还被收录在《针灸大成》中，这说明张元素不只在使用方药上，在针灸方面的造诣也是相当高的。然而可惜的是张元素的针灸学著作并没有流传下来，但从他的儿子张璧《洁古云岐针法》的命名上我们不难看出，张璧的针灸就是张元素所授。”

我不禁感叹道：“易水学派的学术思想竟然这么全面，囊括了方药、针灸等各个方面！张元素真是一个了不起的医学家，他懂的东西竟然这么多！除了自己本身的脏腑辨证以外，连伤寒的六经辨证也懂得，而且针灸也不逊色。”

曾祖父接着说道：“正是如此，易水学派才能屹立不倒啊！中医的五大学派之中，只有易水学派是不偏科的，不论单个人如何偏科，易水学派的整体学术思想在所有学派中是最全面的，而且经过后世医家不断地补全，脏腑辨证最终成为现代中医的主流辨证方法。”

我回答道：“就是您说的‘融’和‘变’吗？”

曾祖父回答道：“对，易水学派就是依靠这两个字，不断地完善自己，改变自己，不论气候、地域、文化如何改变，顺时而变，顺势而变，融汇他人，改变自己。你也一样，要融和变，这样才能不断地前进，提高自己的医术。扩展自己，强大自己，这才是易水学派的门生应该做的事情。”

壹佰零叁

一味竹茹汤

我在曾祖父的笔记上看到过一个验方，治疗妊娠恶阻仅用一味竹茹便可以得到很好的疗效。

竹茹，味甘，性微寒，归心、肺、胃、胆四经。有清热化痰、除烦止呕的功效。《药性赋》曰：又闻治虚烦、除哕呕，须用竹茹。

某日老师认识的一位妇产医院的医生求助于老师，因为一名年轻的孕妇呕吐不止，而她已经因为这个问题打掉过一个孩子了，在治疗无果的情况下希望老师能够帮忙，无论如何要保住这个孩子。

老师经过辨证后，认为她是热痰壅盛，阻于中焦，故而呕吐不止。于是当即便开出芩连二陈汤，但立刻遭到了妇产医院的住院中医师的反对，他认为芩连二陈汤中，黄连苦寒，半夏是妊娠禁忌的药物，为了安全起见，坚决不能给患者使用。

而家属听了这名中医师的解释也拒绝了老师的方子，尽管老师解释了，黄连用量不大，半夏姜制后，孕妇是完全可以使用的。

家属希望能够有更简便且安全的方子，这时候我对老师说："老师，我太爷曾用一味竹茹汤治疗过妊娠恶阻，竹茹有化热痰、清心除烦、止呕的功效。"

老师想了一下觉得可行，于是我便告诉家属用竹茹 30g 煮水代茶饮，每天不拘时服用。

一天过后，妇产医院的那位医生打来电话，告诉老师说道："主任，喝了那个竹茹水之后，现在那个孕妇的情况已经好了很多了，也真是神了，到现在也没怎么呕了。"

又过了几天，那边的情况良好，已经几乎没有呕吐的症状了。至于再后来的事情，因为那边一直没有反馈，所以就不得而知了。

事后老师说道："妊娠恶阻十有八九是因为痰，这时候就要辨别是寒痰还是热痰。一般来说二陈汤就是最佳选择，因为这个患者是热痰，所以用芩连二陈汤。但是现在来看，一味竹茹在治疗热痰的时候便能够代替芩连二陈汤了。下次遇到寒痰的时候，也可以只用一味苏子，虽然力量可能较小，但是安全系数高。对于这类特殊人群，还是首先以安全为主吧。可能你的太爷爷当时用竹茹的时候也是这么想的吧！"

壹佰零肆

曾祖父的笔记（三）

我的曾祖父曾经讲过他是怎么学习中医的。他说那时候的中医还不叫中医，就叫医；到了后来，洋人的西医传入后，医又被称为旧医，他就是在那个中西医争斗最厉害的时候跟他的父亲学习的中医。

曾祖父说，家里老辈人是山西榆次人，后来定居到了济南府，再后来又去了北京，后来因为犯了事被发配到了建州，也就是现在的东北，从此便定居下来。在当时行医也是需要“执业医师证”的，就是去衙门报备，得到许可后方可行医。

那时候可不比现在，药材进入店铺后，品质参差不齐，有干品、鲜品，就是没有炮制品；有粗的、有细的，就是没有正好的。有掺假的、掺沙的，还有掺石头的。当大夫的不但得会看病，还得长一双孙猴子似的火眼金睛，要不然只能等着被当大棒槌宰个天昏地暗。哪像现在这么好，起码正经有批号的药材，它是药啊！也不用大夫去认药，自然有药房的药师分拣，而在当时这些都是大夫一个人的事。

中医启蒙读物《药性赋》《中药四百味》《汤头歌》《濒湖脉决》都是必背的，曾祖父和他当时的师哥、师弟能背下来都是靠打出来的。曾祖父回忆说，记得有一次，他背错了一味药，立马就挨了一嘴巴子，只听得他父亲说："你就不怕吃死人吗？"

白天一边看病一边当药工，晚上吃饭的时候还要背一段《濒湖脉诀》才行，曾祖父说这就是他一天的生活，乏味又无趣。直到他背完了《汤头歌》这才被允许到正堂抓药，而药材早在后院炮制的时候就熟悉了，抓起来也是得心应手。这时候，他的手里又多了《黄帝内经》中的一卷，一边抓药一边背《内经》，背完了一本又换下一本，直到《素问》和《灵枢》都背完了，才被允许到他父亲的跟前去抄方子。

曾祖父说，当时只有他有这样的待遇，他父亲前前后后收了不少儿徒，其中不少人陆陆续续因为吃不了这个苦而离开了，只有他和几个师弟最终熬出了师。而这些师弟出师后，也几乎都离开了，只有他和三个师弟留了下来，因为都是药店的少东家，不得不留下来继承这个药店。但是除了他以外，他的三个师弟基本上不怎么能独立看病。家里当时还有一个规矩是，传男不传女，传长不传幼，传嫡不传庶，所以只有他一个人懂得医理，其他三人都只学习医技，比如熬个拔脓止痛的膏药，针刺个穴位，推拿、拔罐这类的。而且还必须得在曾祖父的指导下才能进行，也就是说，穴位和药物的配伍都得在曾祖父的指导下才能完成。

中医不是那么好学的，只有真正经历过那种师带徒的人才会知道，曾祖父便是经历过这种方式洗礼的人。而且他说，如果他不是他父亲的儿子的话，这样服刑一样的生活，他是绝对熬不过来的。

壹佰零伍

脾胃那点事儿（二）

我问老师："老百姓经常说的伤食是什么意思？和我们的内伤脾胃有什么区别？"

老师回答道："广义上并没有什么区别，但是狭义上还是不同的。《内经》说'味归形，若伤于味，亦能损于形'。老百姓说的伤食实际上大多数都只是吃多了，并没有形成疾病，偶然吃撑一次并没有什么问题，但如果长时间过饱，便会形成疾病了。除了过饱外，过饥也是内伤脾胃的一种，除了过饥、过饱以外，亦有过辣、过凉等，这些都可能损及脾胃。"

我继续问道："那么老百姓所谓的'伤食'就是指中医的食积？"

老师回答道："多数的时候便是如此，但是在西医的概念中并没有食积这种说法，而且西医并不承认会有食积的发生，在有食积症状的时候，西医多归于肠胃功能紊乱、浅表性胃炎、糜烂性胃炎这一类疾病。一般来说，儿童多容易发生食积，而大人则较少发生。"

我接着问道："儿童的食积又是因为什么呢？"

老师回答道："要想小儿安，三分饥与寒。现在的家长过度给孩子喂养，是造成小儿脾胃食积的原因之首。我曾治疗一个食积的孩子，方子也很简单，就是保和丸加减。我从询问中得知，这个孩子的饮食习惯不好，每天被姥姥捧着饭碗追着喂，也不管饿不饿一直喂。他姥姥总是怕他吃不饱。这样的问题现在普遍存在于各个家庭之中。脾胃也是需要休息的，不断地给食物，不断地吃，再好的脾胃也得被喂坏掉。因为脾胃得不到休息，长时间处于工作的状态，最终干不动活的脾胃干脆就罢工了，于是就造成了食积。"

我又问道："食积的危害有什么？"

老师回答道："长时间食积造成的危害有很多。首先营养不能充分地吸收，可能会导致儿童营养不良；其次长时间肠胃不得蠕动，会积累宿便，时间长了则会化热，出现发热、呕吐、腹痛等症状，严重者则会威胁生命。所以千万不要以为食积是个小事情，人体无小事，就是一个简单的感冒也可能会导致死亡。还是那句老话，要想小儿安，三分饥与寒。"

壹佰零陆 半夏泻心汤

在诸多经方中，老师情有独钟的就是“半夏泻心汤”了，在治疗中常对我说的词也是“半夏泻心汤”。这个方子在电脑上是一个组套，老师将半夏泻心汤与栝楼薤白桂枝汤合并，配以三仙和鸡内金作为底方，治疗各类心系肺系疾病。

大致的治疗范围就是心悸、心绞痛、冠心病、动脉粥样硬化、反流性食管炎、反流性食管炎引发的哮喘等。

老师说，这个方子也就在东北好使，到了别的地方就不一定好用了，这个方子是特地为东北人量身定做的，也是根据东北人的饮食习惯、生活习惯以及东北地区的气候而拟定的。

东北人的口味普遍比较重，喜欢吃盐、酱油、咸菜、腌菜等。这些食物和调味料的特点就一个字：咸！除此之外东北人还喜欢吃高热量食品，比如烧烤、海鲜、油炸食品等。这些食物的特点就一个字：腻！最后东北人还喜欢吃辣，比如蒜蓉酱、辣椒酱、大葱、大蒜等。这些食物的特点就一个字：辣！

老师说："东属温，北属寒，东北这边的天气就是干燥且寒冷。原本东北人冬天吃油腻和高热量的食物是为了储存热量抗严寒，所以东北菜以炖菜为主，不但好吸收，而且以高热量、高脂肪的食物居多，尤其是猪肉炖粉条，现在要让我去吃，我根本吃不下去！然后说咸口，东北人吃咸口主要是为了干活，像以前的'力巴'都喜欢吃盐，老辈人都知道，吃盐才能干重体力活。这是最早闯关东的一代人留下来的饮食习惯，那时候开荒、挖矿，东北设省，百废待兴，所以要吃盐。"

我问道："这和用半夏泻心汤又有什么关系呢？"

老师说："这就要说到了，你别着急。因为东北独特的气候和独特的文化，老辈人这么吃是完全没问题的，因为老辈人基本上能把这一天从食物中得到的这些成分通过劳动代谢出去。然而现代人就不同了，现代人生活条件好了，也不像那时候那样劳累了，但是饮食习惯和生活习惯却还和当时一样，这就有问题了！当时老辈人吃盐吃腻是为了劳作，现代人劳动已经没有那么繁重了，还这么吃能不出问题吗？"

我问道："那辣又是怎么回事呢？"

老师说道："这个完全是现代人在生活好了之后沾染的不

好的饮食习惯。人家南方人吃辣是因为南方地区湿气重，东北这边不比南方，没有潮湿之气，根本就不需要辛辣口味来祛湿，相反会越吃越燥。当然，也不能说完全是现代生活的问题，实际上东北这边朝鲜人也有不少，朝鲜人也吃爱辣，而且不比四川人要差，但是原本朝鲜半岛那边两面临海，同样也是湿气特别重，但移居到了内陆后他们也是一样不能改变自己的生活习惯，这其实都是问题所在！”

我问道：“所以要解决这些问题？最后老师您拟定了这个方子？那这个方子的立法依据是什么？”

老师说道：“对，就是要用这个方子解决上述问题。你看现在东北人的标准体形就是大肚子，像是一个梨，多数人都是这样，东北人的体质普遍湿热，整体上离不开湿。半夏泻心汤是一个和解剂，泻热而和阴，加三仙和鸡内金是为了消食导滞，而我们主要治疗的是心系疾病，所以合一个栝楼薤白桂枝汤，对症治疗。和解阴阳，消食导滞，温阳通脉，这就是这个方子的立法依据。所以说这个方子就是为现代的东北人量身定做的，在东北效果非常好。但是不用说到南方，就是到华北可能疗效都很差，而且这个方子是对应东北大多数人的证候所拟定的，遇到特殊情况还是要随证加减的。

“总之还是那句话，‘整体观念，辨证论治’，只有牢记这八个字，你才能走遍天下！到一个地方行医，先要了解当地的饮食习惯、生活习惯以及当地的气候，这样才能做到知己知彼，百战百胜！中医看似简单，实际上远远没有那么简单！”

壹佰零柒 抗扎与不抗扎

教我推拿的老人同时也是我的针灸老师，针推自然是不分家。

老人拿着书一本正经地对我说道：“学习针灸首先要学习理论，先要从九针开始讲起，《医宗金鉴》云，‘九针因何而得名，源于天地大数生，始于一而终于九，天地人时音律星，风野九九八十一，针应其数起黄钟，皮肉筋脉声阴阳，齿气九窍关节通’。”

我不解地皱着眉头问道：“这是什么意思呢？”

老人回答道：“《灵枢·九针篇》云：帝曰：九针焉生？何因而有名？岐伯曰：九针者，天地之大数也，始于一而终于九。故曰：一法天，二法地，三法人，四法时，五法音，六法律，七法星，八法风，九法野。九针者，圣人起天地之数，始于一而终于九,九而九之，九九八十一，以起黄钟之数，针之数应之，而人之身形亦应之。皮应天，肉应地，血脉应人，筋应时，声应音，阴阳应律，齿面目应星，气应风，九窍三百六十五络应九野，此天人相通之道也。故一针皮，二针肉，三针脉，四针筋，五针骨，六针调阴阳，七针益精，八针除风，九针通九窍，除三百六十五节气，各有所主。”

我挠了挠头说道：“还是不懂！”

老人皱了皱眉头说道：“回去看译文去！怎么收了你这么个笨蛋！所谓九针即九种针具，即镵针、圆针、鍉针、锋针、铍针、圆利针、毫针、长针和大针也！各自都有各自的用途！但是现在我们最常用的针具就只有三种了，即毫针、锋针、铍针。其中，毫针是我们最常用的针具，如何补如何泻全在这毫针之中；其次是锋针，即三棱针，经常用来放血；最后是铍针，即刀针，现在多已被医用手术刀代替，我们常用它来切开痈毒以便于引流。”

说完老人从盒子中拿出几根毫针递给我。

我接过这几根针，发现长长短短，虽然都很细，但是粗细不均。

老人接着说道：“现在毫针最常用的是 0.35mm 规格的，也有 0.5mm 规格的，用于针刺肌肉较为发达部位的穴位，比如环跳穴。亦有 0.25mm 规格的，这类针是用于针刺较为敏感的穴位的。根据针刺部位的不同，选用针具的长短也不同，最常用的便是一寸半的针具，其次是一寸的，也有比较长的两寸针，最短的是半寸针。对于一般的穴位来说，一寸半针就足够了，针刺手臂可以选择一寸针，而两寸针一般来说是针刺环跳穴常用的，半寸针则常用于一些肌肉菲薄部位的穴位，比如面部腧穴、头皮腧穴等。”

我点点头说道：“老师，也就是说屁股抗扎，脸不抗扎，屁股就要用最粗最长的针，脸就用又细又短的针，对吧？”

老人回答道：“这么说也没错，但是扎面部，我也用一寸的针，从不用半寸针，因为那种针刺激较小，作用也十分有限，以后你也要尽量避免使用半寸针！进针要快，刺破皮肤之后就要慢一些了，尤其是针刺腹部时一定要慢，否则就会刺穿肠胃。当你慢慢进针的时候，肠子会躲着针走，这一点不用担心，你只要牢牢记住，进针一定要慢就是了！”

壹佰零捌

经络与通路

老师说道：“人体共有穴位720个，其中经穴670个，单穴361个，奇穴50个。当然这些只是目前所发现的，人体的经络遍布全身，其中十二经络的经穴目前就存在争议，比如胃脘下俞也就是胰俞是不是经穴，正经上其他疗效较好的反应点算不算经穴，这都有待考订。除了经脉之外还有络脉，从络脉延伸出无数的浮络与孙络，以及运用较少的奇经八脉，这都有待于进一步的探究。”

我问道：“老师，那么经络在您的理解中究竟是什么呢？有人说是神经，有人说是血管，有人说是筋膜，有人说是细胞间隙，有人说是体液，那么经络究竟是什么呢？”

老师说道："我先问你，什么是经络？经络的作用是什么？"

我回答道："经络是经脉与络脉的总称，是联结脏腑肢节、沟通内外、贯穿上下、运行气血、协调阴阳、调节人体的通路。"

老师又问道："那什么又叫作通路呢？"

我回答道："通者，传达、连接也！路者，道路、途径也！通路也就是能够传达和连接某种事物的道路和途径是也！"

老师回答道："其实不论是神经也好，血管也好，筋膜也好，细胞间隙也好，甚至体液以及其他各种各样的人体组织也好，只要是能够联结脏腑肢节、沟通内外、贯穿上下、运行气血、协调阴阳、调节人体的组织，都是经络。人体就这么几块肉，中西医理念再怎么不同，中医也不可能比西医多出来什么，什么没有发现经络更是无稽之谈，五千年的时间，即使现代用显微镜及其他各种实验室机器，我们也不能发现经络吗？无稽之谈！经络一直都存在于人体。更有人说只有活人有，死人没有，这也是十分可笑的。比如做截肢手术的时候，是活人吧？那么为什么没有在这些组织上发现经络呢？事实上经络没什么神奇的，中医也没有那么玄奥，只是有些人的心态不端正罢了！为了区别中西医而强行给中西医划清界限，这是非常错误的行为！你要记住，返璞才能归真啊！"

壹佰零玖

烧山火，透天凉

中医针灸有两大绝技，那就是“烧山火”与“透天凉”。《针灸大成》曰：烧山火，能除寒，三进一退热涌涌，鼻吸气一口，呵五口。透天凉，能除热，三退一进冷冰冰，口吸气一口，鼻出五口。

我问道：“老师，中医针灸的‘烧山火’与‘透天凉’是否真的能够达到书上所说的热涌涌与冷冰冰的效果呢？为什么我照着书上复制却怎么也复制不出来呢？”

老师回答道：“这个当然是真的！但是要是说神乎其神的话，也没有那么神！其实就是补法与泻法发挥到极致的效果。你复制不出来是一定的，因为我也只是能够复制出烧山火的效果，不信我给你试试看！”

老师选了我的足三里穴，用酒精棉球消毒，接着从针灸盒里拿了一次性针灸针出来，我还没准备好，就感觉阵阵刺痛，缓过神之后针已经下去了！我皱了皱眉头，腿部传来剧烈的刺激感，就像是过电一般，比往常的劲头要足得多，不到十秒钟，整个腿就像是失去了知觉一般，然后从肌肉层开始真的发热了，从针的四周开始弥漫，不一会整个小腿都开始有了热感。

我对老师说：“热了！热了！真的热了！好神奇！”

拔下针，老师把针递到了我面前，我皱了皱眉头，我说为什么刺激感和疼痛感这么剧烈，原来这个针的规格是0.5mm的。

我拿着针皱着眉头说道：“老师，你咋坑我？平时您都不用这个规格的！”

老师笑了笑说道：“这就是‘烧山火’的关键所在！‘透天凉’的效果我至今没有复制出来，但是‘烧山火’的话必须要用粗针，我想‘透天凉’也是一样的，都需要强刺激，这是现代规格的针灸针无法做到的。以前的针可没有这么细，甚至要比0.5mm的还要粗！所以这也是限制和不能复制‘烧山火’‘透天凉’的关键所在！”

训练针灸的时候，老师让我提升指力，从报纸团到塑料瓶，从塑料瓶到易拉罐，但是易拉罐我怎么也不能扎透，看着老师得心应手的样子我不免有些着急。

但老师说：“我这是几十年的功夫，你才几天？能一下扎透塑料瓶已经不错了，慢慢来吧！”

其实现在学习针灸我很少看到有训练指力的课程了，因为针灸针都附赠一个塑料管，也就是进针器，用手指一弹，针就很轻松地刺破皮肤了。然而老师说：“投机取巧，难成大器！你看到过几个针灸大师用塑料管弹的？”

我点点头，继续开始了枯燥乏味的训练。

老师说：“烧山火、透天凉是很难用细针复制出来的，细针的刺激本来就小。针灸原本是用来应急的，在古代，得了病首先就是针刺，其次才是汤药，最后是艾灸。现在完全颠倒过来了！平时保健用艾灸，有病先去喝汤药，最后汤药也治不过来了才想到针刺。很多病都是在这中间耽误了。现在的医生，很多都不会补泻的手法，会的呢，也懒得去行针，全都交给电针去做，过了电，就是没刺到经穴上也滋溜地转，有没有疗效呢？不清楚！针灸讲离穴不离经，扎在经络上就行，关键电针这东西在不在经络上都能模拟出得气感来，你说这难道不是一种悲哀吗？我不反对科学，因为电针我也用，但是不能因为科学的进步，连这些老祖宗千百年来流传下来的精华都舍弃了吧？这可不是糟粕也不是什么垃圾！你可以不会‘烧山火’‘透天凉’，因为人的天资不一样，但是起码你得会补法和泻法吧？这种简单的行针哪怕是猴子看个十天半个月的也能看会了吧？哎……”

老师不知道为什么有些激动，也许是我今天的问题刺激到了他，让他想起了什么不愉快的往事。但听完老师的话，我看着手里的针，忽然觉得有些伤感，针是越来越细、越来越有韧性、越来越结实了，可是我们却在不知不觉中丢了很多重要的东西，很多很多！

壹佰壹拾 经络辨证

学习针灸的时候，经络循行是最让我头痛的，尤其是胆经和胃经，怎么那么长啊？看到一半我就不想再看了。

我问老师："这经络循行真的一定要背吗？背不下来对以后有没有什么影响？"

老师说："如果你想一辈子只做一个针灸匠人的话，你就不用背这些了，照着书上看有什么病扎什么穴位就可以了。如果你想当一个针灸医生的话，那么一定要背下来！这是针灸医生的根本，相当于一个房子的地基，地基不牢，房子自然盖不高。你如果想要成为摩天大楼，就必须深深地嵌入大地之中。"

我继续问道:“可这些对于临床有什么实际价值吗?”

老师回答道:“没有价值我能让你背吗?《灵枢·经脉》没有一句话是废话!就拿肺经举例子,《经脉》曰:是动则病肺胀满,膨膨而喘咳,缺盆中痛,甚则交两手而瞀,此为臂厥。是主肺所生病者,咳,上气喘渴,烦心,胸满,臑臂内前廉痛厥,掌中热。气盛有余,则肩背痛,风寒,汗出中风,小便数而欠。气虚则肩背痛寒,少气不足以息,溺色变。根据以上内容,我们可以得出很多诊断结论,气血阴阳皆出于此,对于临床有着极高的指导意义。实际上这就是针灸学中的经络辨证。”

我问道:“听过脏腑辨证,听过六经辨证,这个经络辨证还是比较新鲜的,我记得课本上有提过,只有豆腐块大小,但是老师从来没有讲过,我也不了解经络辨证这个体系。经络辨证究竟是什么?”

老师说道:“经络辨证,事实上就是根据十四经的循行特点,以经和络的形式对疾病做出的一种归类。比如我们常见的胸痹,有的时候会伴有牙痛、后背痛,这都是可以循经而加以辨证的参考。可以说经络辨证是针灸疗法的主体思想。当我们针灸的时候,首先要以经络为主体,其次将其他辨证代入,辅助经络辨证。如脏腑辨证、气血津液辨证、三焦辨证等,都可以以经络为主体进行分析。”

我皱着眉头不解地问道:“这个我没听说过!”

老师说道:“夫人之常数,太阳常多血少气,少阳常少血多气,阳明常多气多血,少阴常少血多气,厥阴常多血少气,太阴常多气少血,此天之常数。肺经有病,经常在大肠经显现出来，比如感冒中的风寒袭肺，常常会出现项背强痛，这便是寒邪束于膀胱经的表现。此时如果用针，可选取膀胱经穴，比如大杼、风门、肺俞。不过现在我们很少看到患了感冒来扎针的，其实想想也是，像我们这儿针灸一次需要 30 块钱，30 块能买多少药片？对乙酰氨基酚片能买一大把了吧？但是像感冒、发烧这样的常见病，针灸起效并不比汤药慢，更不会比西药慢！只是现在针灸的定位在此，也因为针灸需要的人工费较高，所以这些病用得较少。不过还是要切记，使用针灸一定要懂得经络辨证。”

我问道：“那么经络辨证该怎么学？”

老师说道：“每条经络都有自己所主的病症和功效，每个穴位也一样，其实穴位远比中药更加深奥。同样的一味药，功效已经定性了，因为大自然给它的禀赋就是这样的，但是穴位则不同，不同的行针手法可以产生不同甚至相反的功效。比如大椎，你只知道发烧了在大椎放血管用，殊不知大椎乃三阳之汇，大椎为什么能够退烧？其实是放血后多余的阳气外泄了，这样自然而然就降温了。同理，阳气不足，我可以用温针刺大椎补之，也可以用补法补之。千变万化！这就像玩游戏一样，给你准备了一个道具，如果人不同，制定的规则也就不同，玩法也就多种多样，这就是针灸啊！”

听了老师的描述后，我忽然觉得针灸有些不可思议，感觉经络辨证更是不逊于脏腑辨证。学习中医辨证方法的时候，从来没有想过以经络辨证作为主体，从来都是把经络辨证当作一个辅助的辨证方法，甚至没把它当回事，觉得无非就如同气血津液辨证、三焦辨证一样，都是为脏腑辨证服务的。

老师接着说道：“经络辨证其实并不神奇，只是现在会的人少了。同样用针灸，为什么有些人只需要扎几针就可以了，有些人则需要扎十几针甚至更多？懂得经络辨证的人，找准弱点一击必杀；不懂经络辨证的人，只能广撒网，多下套，守株待兔，这次不好使，再换下一个，总能蒙到几个对证的穴位！可是又不会行针或者懒得行针，因为一扎就十几针，挨个行针，一套下来就得半个小时甚至一个小时以上。可针灸是什么？是快刀斩乱麻！是应急救急之法！就算你扎对了穴位，还是要行针的。什么叫针感，什么叫得气，有些人可能这辈子都不懂！”

老师教得很好，但针灸对我来说在以后的日子里可能不会经常使用到，也许这辈子就只是作为针灸匠人，偶尔对自己或者亲朋好友使用而已。最初学习针推也只是抱着一种扩展知识、提高眼界的心态去学习的，然而我却遇到了一位可能是我认为最好的针推老师，他的教育和想法给了我很大的启迪，更让我明白，医术没有高低之分，更没有卑贱之说。不存在内科医生就比针推医生高一等的说法。医乃仁术，活人之术，天底下最干净的营生，没有之一！

壹佰壹拾壹

曾祖父的笔记（四）

曾祖父早些年，不管内、外、妇、儿，来的只要是患者他都接诊。但是后来曾祖父就只接诊小儿病了，我一直不知道这是为什么，直到有一天翻开曾祖父的笔记才知道答案。

曾祖父这样写道：我治了这么多年的病，发现很多疾病都是因为患者小时候生病没有得到及时、最佳的医疗所导致的，很多病后期基本上只能维持，无药可医。而小儿病治起来就相对容易很多，多数疾病主要在肺和脾两脏，虽然如此，小儿病却难在辨证上，其有口难言，有话难说，有痛难忍，让人看了揪心。如果多看好几个孩子，那么以后就会少几个慢性病患者。

治疗小儿泄泻病，曾祖父最常用的方剂有二：一是参苓白术散，二是四神丸。相对来说，参苓白术散的使用频率要比四神丸高很多。

曾祖父写道：小儿病都很单纯，由于喂养问题，脾虚是很常见的病，脾虚导致的泄泻，一副参苓白术散下去，马上就好！

治疗小儿食积病，曾祖父最常用的方子也有二：一是保和丸，二是五仙散。五仙散是曾祖父自创的方剂，除了焦三仙外，还有炒谷芽和炒鸡内金。

曾祖父写道：小儿食积多因喂养不当，兼有脾虚则用保和丸加焦白术、生甘草、黄芪。若单纯实证，五仙散即可。如兼有呕吐，此多为食积下阻于肠胃，可以用五仙散加小承气汤。

治疗小儿便秘，曾祖父最常用的方剂便是承气汤类方加减。

曾祖父写道：小儿便秘多因实火所致，当以下法为主，主用大黄，无须畏惧其烈！若兼有脾虚，小承气汤合异功散。若兼有肺气虚，则小承气汤加黄芪。

治疗小儿咳嗽病，曾祖父最常用的方剂是麻杏甘石汤和银翘散。

曾祖父写道：小儿咳嗽，不论寒热，化热极快。风寒初始，若及时就医，给予止嗽散，但余至今接诊也不超过百例，所来者多已化火，故给予麻杏甘石汤。若只是轻症，则银翘散亦有良效。若兼有便硬如羊粪球，则去石膏改用酒大黄加芒硝、黄芩、栀子。

治疗小儿发热，曾祖父最常用的就是白虎汤。

曾祖父写道：小儿发热，多因邪气已入里，小儿乃纯阳之体，邪气善于内外勾结，临床大夫多以山药代替粳米，此大为不妥，若无粳米，可用玉米面代替以护胃气。

治疗小儿外感，曾祖父则喜欢使用银翘散。

曾祖父写道：小儿外感，多以风热为主，即便初始为风寒之邪，因其纯阳之体，亦化热极快，故转经我手，多已发热，所以以辛凉解表为主，故用银翘散。

虽然曾祖父几乎给出了他认为最准确的治疗方案，但是他的教导我依然牢记，即还是要以整体观念、辨证论治为核心，这也是中医的根本。

壹佰壹拾贰

医当慎言

某日，有人加我微信，我发现是中医交流群里一个不太愿意说话的小姑娘，她咨询了一个群里她自认为是中医资深人士的人，其实就是“中医学生”。

这个交流群大多以中医学生为主，在得到那个“资深人士”的介绍后，她认为她的病不好调，也不知道怎么就找上了我。

从她的自述中首先我得出一个结论就是寒，她本身在南方上学，却已经是穿上了羽绒服还觉得冷，后来连手套都戴上了。

“资深人士”给她的建议是每日用川乌 15g 水煎服。她自己也是学习中医的，所以深知川乌的毒性。由于刚刚大二，学识尚浅，所以不敢服用，便找到了我。

我让她给我发个舌照，她说吃了带颜色的东西，舌头现在已经染上颜色了。

根据她前面的自述，我问她："那你月经错后吗？"

她说道："没有，这个月提前来了。"

隔着屏幕我想她是看不到的，不过我的眉头已经皱得像"八"字一样了，我心里暗暗地说道：难道我估计错了？是热或者寒热错杂？

于是我继续问道："那么近几个月来，你整体上是偏于错后的多还是提前的多？"

她说道："错后较多！只有这个月提前了！"

我暗暗地松了一口气，于是接着问道："经血是淡红、鲜红还是暗红？"

她说道："暗红，还有血块！而且血块特别多！"

我的心彻底放下了，这就是一个很简单的寒凝血瘀，于是我说道："没事，小问题！你就买中成药少腹逐瘀丸照一个月吃！"

此时我的心情无比舒畅，觉得又解决了一个"世界级"难题，成功拯救了一个无助的人，那种感觉难以用语言形容。

然而她又发来的消息让我瞬间失去了这样的感觉，她说："我还有一个症状。"

我的眉头再一次皱了起来，问道："什么？"

她说道："我总是起荨麻疹，反反复复的，刺痒难忍！"

事实上，整体的辨证都没有什么问题，还是以寒凝血瘀为主。我想了想说道：“那你换成血府逐瘀丸吧！”

她问道：“哦哦，换这个连荨麻疹都能调了吗？”

我说道：“听过‘治风先治血，血行风自灭’的理论吗？”

她说道：“巧了，今天刚学！那我就用血府逐瘀丸看看吧！以后有问题我可以经常问你吗？”

我说：“可以！”

她说道：“那我可以叫你白老师吗？”

我说：“那就算了！我自己也是一个学生，就共同进步吧！”

通过这件事我领悟到，身为医者，应当谨行慎言。一定不要自己觉得是就是了，一定要询问清楚之后再做定夺，否则很有可能漏诊。虽然用少腹逐瘀丸一样会有功效，但是少腹逐瘀丸整体偏于除下焦血，而她是整体偏于寒瘀再加之患有瘾疹，所以用血府逐瘀丸较为妥当。

壹佰壹拾叁 返璞归真，与时俱进

学习中医要返璞归真！所谓返璞归真一般来说就是抛弃所有的复杂，回归最原始的自然状态。

有时候我常常会问老师一些不着边际的问题。有一次，老师回答道："有些事情，知其然即可，不需要知其所以然，都摆在明面上的东西，你硬要牵强附会，引经据典地去论述一番，这就叫画蛇添足！有时候只要有效果，能在《内经》上找到理论依据，这就足够了！"

但是有些事情，我认为还是要知其所以然，否则中医将永远停留在《黄帝内经》的时代，没有发展也没有进步。遇到了不懂的事情，我们往往感叹《黄帝内经》的缺失、传抄的错误。遇到了不能治的病，我们总是想如果上古七家医都在的话，《黄帝外经》《扁鹊内经》《扁鹊外经》《白氏内经》《白氏外经》《白氏旁经》这六本都在的话该多好啊；如果不是因为五胡乱华，中医的伤科应该多么辉煌；如果不是宋代废除了推拿，那么古法推拿将会多么灿烂。

中医人总是寄希望于古代，盼望着能从坟墓中挖掘出曾经丢失的医术，重现中医的辉煌灿烂！殊不知，有时候我们已经忘记了我们真正应该做的是什么。

江山代有才人出，为什么不展望未来？返璞归真固然是学习中医的最佳方法，但是为什么要摒弃新事物？

有人说，你中医就该望、闻、问、切，不能使用实验室检查，你用了你就不是纯中医！

初学中医的时候，我拍着胸脯说："我要做纯中医！"

老师反对我说道："你能有多纯？我看你是蠢！如果张仲景活着一定会去学习影像学和检验学的知识，因为他们那个年代没有这些，能够更加直观地了解人体的方法为什么不用呢？这是现代医学的进步，不是西医的专利，张三用得，李四也用得！只要是对诊断疾病有所帮助，为什么弃之不用呢？那不是蠢又是什么？"

后来过了很久，有一天我问老师："老师，你既然告诉我返璞归真，为何又让我去好好了解西医？我究竟是该返璞归真还是该与时俱进？"

老师说道："返璞归真和与时俱进有冲突吗？你又抱着复杂的思想去理解返璞归真了！你认为返璞归真是就学中医，不学西医？或者就要变成那些患者眼中所谓的'神医'？这都不是返璞归真的初衷！要学习古代人的心性，而不是叶公好龙！否则你学的是中医吗？不过是你认为的‘中医’罢了！跟真正的中医大相径庭！任何时候都要与时俱进，否则你就会被这个时代淘汰，中医也是一样，慢慢来吧！但愿你不是最后一辈中医！”

老师的话让我感觉到一丝丝凄凉，我的胸中仿佛有一团火在燃烧，一种使命感油然而生，我绝不做中医的守墓人，我要将中医的薪火传递下去，传千代万代！

壹佰壹拾肆

她

记得小时候曾祖父教我《医学三字经》，他说一句我重复一句。那是我有生以来第一次接触中医，祖父因为一系列事情没有继承曾祖父的衣钵，而曾祖父又不看好我的父亲，于是把希望全部寄托在了我的身上，而我也让他失望了好久。

后来因为一系列的事情，初中毕业才13岁的我，没有去读普通高中，而是去读职业高中（“三加二”制度），学习汉语言文学，最后却没有考下教师证，又去自学会计。因为没有工作经验且年纪小，虽然考下了会计证，它几乎沦为一张废纸。我的世界几乎崩溃，虽然没有去看医生，但是我觉得我可能是患了抑郁症了，那段日子闭门不出，谁也不见，天天与电脑游戏为伴。

后来听说曾祖父病倒了，我才恍然发现我已经大约有一年没见到他了。当我再一次见到曾祖父的时候，他已经是在病床上了。他躺在床上握着我的手，原本饱满的两腮几乎全部凹陷了下去，已经完全没有当年意气风发的样子了。

曾祖父对我说："咱们家世代行医，不想到了我这辈竟然后继无人！既然命运安排你干什么什么不成，就别折腾了，学医吧！"

后来我认识了两位老师，公证处的钢印盖在公证书上的那一刻，我正式成为中医专业的一年级小学生。我不知道我的道路究竟如何，而等待我的又是什么，我只知道，从那一刻起"中医"将永远烙印在我的心里，而我的今后也将和她捆绑在一起。

从那一刻起我的心里只有中医，因为我知道我可能不会再有回头路了。望着一条一望无际的中医路，我瞪大了双眼，迈开了脚步，我别无选择，唯有向前。

其实最开始，我的目的只有一个，能够养活自已就行了，在我的意识中能开一个推拿养生馆就已经很满足了。然而渐渐地我觉得我的想法十分可笑，后来我望着一家家诊所雨后春笋般地冒了出来，我的想法顿时发生了改变，我也要有诊所！再后来我觉得诊所也不能满足我了，我一定要和老师一样成为名医，这样才能获得最大的成就感。我想彼时的我应该是利欲熏心，沉迷于功名利禄不能自拔吧。

当一桩桩、一件件事情接二连三地发生之后，从李东垣的《东垣老人传》到后来央视关于钱乙的电影《医者童心》，我的价值观彻底被改变了。我觉得我要为中医做点什么，而我又能为中医做点什么？此时我的心早已经被中医完完全全地占领了。

当我看到有骗子打着中医养生的旗号榨取患者的钱财，中医被人诟病为骗子的时候，我心痛如绞，却又无可奈何。我不愿意中医成为别人敛财的工具，更不愿意看到有人糟蹋她，我愿意用我的一切守护她，保护她，直到我生命终结的那一刻。

她

古朴街角擦身而过，
那是第一次不经意的邂逅。
她回眸一笑，
原本并不在意的我，
哪里知道这只是开始。

迷恋于野花草地，
最终不过是一场空欢喜。
她挽起了我的手，
第一次近距离地对视，
我面无表情的脸上却只有失意。

当世界抛弃我的时候，
只有她对我不离不弃，
当我没有归属的时候，
只有她与我唇齿相依。

我的世界里渐渐地，
只有她的身影，
她占据了我的心。
我与她花前小酌，我和她月下畅饮，
我问她嫁我你可愿意？
她微微一笑，不拒绝也不同意。
轻轻地推开我，
逃离在黑幕笼罩的深夜中，
就那样离开离去。

一次不经意的街角偶遇，
我发现了另一个他，
她挽着他的胳膊，
那样子看起来十分亲密，
我大声地怒吼，诉说着心里的委屈，
你怎能如此待我？
难道我对你还不够好？
她对我说，
你还是太天真太年轻了，我与你只是玩玩而已。

终于我知道，
她穿梭于各种各样的人之间，
宛如交际花一般。
她时而天真无邪，时而口蜜腹剑。

有的人拿她敛财，有的人用她钓誉。
可我依然不愿意放弃。

我说跟我走吧，你就是我的唯一；
我说跟我来吧，你就是我的生命。
她还是微微一笑，不拒绝也不同意。
满脸暧昧的虚情假意。

有的时候她离我很近，
仿佛只要身体轻轻前屈，
就能触碰嘴唇的距离。
有的时候她离我很远，
不论怎样伸出手臂呼喊，
她的身影总是那样地难以接近。

就是这样的若即若离，
我不知道她爱我与否，但是我爱她。
我不会拿她敛财，更不会拿她钓誉。
我愿意用我的生命守护她的一切，
直到时间将我终结。

她不会嫁更不会娶，
永远的微微一笑，不拒绝也不同意。